KB000239

더페이서 게임 판타지 장편소설

WISHBOOKS GAME FANTASY STORY

스켈레톤 마스터 5

더페이서 게임 판타지 장편소설

초판 1쇄 찍은 날 | 2018년 10월 17일
초판 1쇄 펴낸 날 | 2018년 10월 24일

지은이 | 더페이서
펴낸이 | 예경원

기획 | 위시북스
편집책임 | 이규재
편집 | 위시북스

펴낸곳 | 예원북스
등록번호 | 제396-2012-000132호
등록일자 | 2012. 7. 25
KFN | 제1-319호

주소 | 경기도 고양시 일산동구 호수로 646-24 위너스21II빌딩 206A호 (우)10401
전화 | 031-819-9431 팩스 | 031-817-9432
E-mail | yewonbooks@naver.com

ISBN 979-11-89450-67-0 04810
     979-11-89348-43-4 (set)

스켈레톤 마스터 ⑤

WISHBOOKS GAME FANTASY STORY

더페이서 게임 판타지 장편소설

Wish Books

스켈레톤 마스터

··· CONTENTS ···

제1장
극궁사의 두개골

쌀쌀한 바람을 헤치고 도착한 편의점.

딸랑.

문을 열고 들어가 두부가 있는 진열대를 살폈다.

'장인의 손두부? 아니, 장인의 손맛이었나.'

기억을 더듬던 무혁의 눈길이 한곳에 멈췄다.

'찾았다.'

두부를 집어 든 무혁이 계산대로 향했다.

"2,100원이요."

"여기요."

체크카드로 결제한 후 검은 봉지에 두부를 넣고 편의점을 나서다 들어오던 손님과 어깨를 부딪혔다. 후드를 써서 얼굴이 보이진 않았다.

"아, 괜찮아요."

목소리로 여성임을 유추할 수 있을 뿐이었다.

스윽.

그런데 고개를 살짝 들어 무혁의 얼굴을 확인한 그녀가 갑자기 탄성을 내뱉었다. 그 모습에 무혁도 그녀를 유심히 살폈다. 코와 입이 보이지 않는데도 이상하게 아름다워 보였다. 어쩌면 그 사실을 알기에 후드까지 깊게 눌러쓴 것일지도 몰랐다.

하지만 어째서인지 무혁은 그녀의 정체를 한눈에 알아볼 수 있었다.

"유라?"

"아! 그, 그게……."

"여기 사나 봐요?"

"아, 네."

"우연이네요. 저도 부모님이 여기 살아서."

"아……."

두근, 괜히 가슴이 뛰었다. 무혁은 애써 부정하며 고개를 흔들었다.

"뭐, 아무튼 반가웠어요."

딱히 더 나눌 이야기도 없었고, 그래서 그냥 그렇게 그녀를 지나쳤다.

"저, 저기요!"

그런데 뒤에서 유라가 부르는 소리가 들렸다. 무혁은 천천히 몸을 돌렸다.

"지난번에는 죄송했어요."

"네?"

"그, 취조하려고 했던 거 절대로 아니고요. 제가 성격이 좀 그래서 그래요."

고개를 숙인 채 발끝으로 바닥을 툭, 툭 하고 건드리는 그 모습이 왜 이렇게도 귀엽게 느껴지는지.

잠시 후 무언가 결심을 했는지 주먹을 꼬옥 쥐고선 고개를 들어 무혁을 보면서 강하게 말했다.

"사죄의 의미로 밥 한 끼 살게요!"

"밥이요⋯⋯?"

"네, 괜찮죠?"

자기도 모르게 고개를 끄덕이는 무혁이었다.

저녁을 본가에서 먹고 집에 도착한 무혁은 곧바로 일루전에 접속했다. 먼저 접속해서 기다리고 있는 성민우가 보였다.

"왔냐?"

"어, 많이 기다렸겠다."

"당연하잖아. 혼자는 할 수 있는 게 없으니."

"미안."

"됐어. 그보다 어떻게 된 거야?"

"뭐, 아버지한테 들키긴 했는데 어떻게 잘 넘어갔어."

"에? 진짜?"

"어."

"허락을 해주셨다고? 너희 아버지가?"

무혁이 고개를 끄덕였다.

"와, 대박 부럽네. 나도 나중에 말해야 하는데 어떻게 될지 모르겠다."

"성과만 보이면 돼."

"성과라."

"나도 솔직히 BMW 안 끌고 갔으면 아마 훨씬 혼났을걸?"

그 말에 성민우가 눈을 빛냈다.

"그래…… 성과."

본인이 즐겁고 또 그 즐거운 일을 하면서 돈도 많이 번다는데 누가 뭐라고 할 것인가? 할 수 있다는 걸 보여주면 된다.

성민우는 힘을 내며 걸음을 재촉했다.

스슷.

귓가를 파고드는 이질적인 소리는 이미 몇 번이나 경험했다. 그래서 알 수 있었다.

'왔다.'

곧이어 놈이 모습을 드러냈다. 검 한 자루를 손에 쥔 75레벨의 인간형 몬스터 검귀였다.

극상의 공격력을 자랑하는 검귀 두 마리가 거리를 좁혀왔다. 앞서 몇 번 상대한 경험이 있었지만 싸울 때마다 긴장을 늦출 수 없는 무시무시한 녀석이었다.

성민우는 이미 정령 네 마리와 함께 앞으로 나가 한 마리를 상대했고, 무혁 역시 강화뼈와 검뼈를 내보내 남은 한 마리를 견제했다.

뒤쪽에 있는 메이지와 활뼈가 수시로 공격을 했지만 검귀는 상당히 빠른 몸놀림으로 화살을 피해내고 있었다.

문제는 그게 아니었다.

퍼석.

놈이 휘두르는 검격에 검뼈가 나가떨어졌다. 방패로 막을 틈도 없이 겨우 두 번의 검격에 역소환이 되어버린 것이다. 정말 미친 공격력이었다.

키릭, 키리릭!

뒤쪽에 있던 강화뼈1이 돌진했다. 방패로 막아보았지만 검귀는 상관없다는 듯 검을 휘둘렀다.

카강, 카가강!

그에 강화뼈1이 돌진을 멈췄다. 서둘러 강화뼈1의 상태를 확인했다.

[210의 대미지를 입습니다.]
[212의 대미지를 입습니다.]

[209의 대미지를 입습니다.]
[211의 대미지를 입습니다.]

HP가 무서운 속도로 줄어들고 있었다.

방패가 충격을 60퍼센트 이상 흡수함에도 검격 한 번에 200의 HP가 줄어든다는 말은 지금 검귀의 저 공격이 대략 550 정도의 대미지를 지니고 있다는 소리였다.

그나마 다행이라면 특별한 기술이 없다는 점이랄까? 다르게 생각하면 저 대미지가 이미 특별하다고 볼 수 있겠지만 말이다.

죽은 자의 축복.

스킬로 강화뼈1을 치유를 해준 다음 강화뼈2에게도 돌진을 명령했다. 놈은 나머지 검귀를 상대하게 했다. 계속 상태를 확인하다가 1천 이상의 대미지를 받으면 뒤로 물린 후 검뼈를 앞으로 내보냈다.

['검뼈7'이 역소환됩니다.]

이번에는 세 번의 공격을 버텨냈다.

스팟.

검뼈7이 사라진 직후 정령 윈드가 검귀의 어깨를 잡고 하늘로 솟아올랐다. 검귀가 검을 위로 찔러대자 버티지 못한 윈드가 놈을 풀어주고 말았다.

"어스!"

그 순간 바닥에서 솟구친 돌의 벽이 검귀를 강타했다.

퍼억.

곧바로 몸을 일으킨 녀석에게로 스켈레톤 메이지의 마법이 쏘아졌다.

콰과과과광!

충격을 받은 놈이 뒤로 날아가 바닥을 몇 바퀴나 굴렀다. 그런데도 벌떡 일어나는 검귀의 모습이 참으로 놀랍기 그지없었다.

하지만 마치 예상했다는 듯, 놈의 뒤쪽에 나타난 무혁이 검을 휘둘렀다.

[크리티컬이 터집니다.]
[412의 대미지를 입힙니다.]

윈드 스텝을 사용한 덕분에 검이 휘둘러지는 속도가 어마어마했다.

서걱.

다행스럽게도 놈의 왼손을 자를 수 있었다.

키아아아아악!

고통에 절규하며 몸을 튼 검귀가 검을 내질렀으나 이미 무혁은 그 자리에서 사라지고 난 후였다. 다시 놈의 뒤쪽에서 나타난 무혁이 발목을 노리며 검을 휘둘렀다.

카강!

무혁의 미간이 꿈틀거렸다.

실패.

검귀가 뒤를 돌아보지도 않고 무혁의 공격을 막아낸 것이다.

검면······!

공격을 막아 낸 검귀가 검을 놓았다가 다시 잡더니 힘으로 무혁의 검을 밀어냈다. 그러고는 그 충격에 뒤로 밀려난 무혁을 뒤쫓았다.

윈드······!

스킬을 다시 사용하기 직전, 결국 녀석에게 공격을 허용하고 말았다. 놈의 칼이 엄청난 속도로 무혁의 복부를 헤집었다.

[455의 대미지를 입습니다.]
[456의 대미지를 입습니다.]

다급히 방패로 놈의 머리를 내려쳤다.

퍽, 퍼억!

방패 공격에 놈의 몸이 기우뚱거릴 때 다시 윈드 스텝을 사용해 뒤로 물러났다.

"후우······."

거우 두 번의 공격을 허용했을 뿐이었건만 그 짧은 사이에 HP가 900 넘게 줄어버렸다. 미간을 찌푸리며 검과 방패를 인벤토리에 넣고 활을 꺼냈다. 시위에 화살을 건 다음 호흡을 참고 목표물을 거냥했다.

그 상태에서 강화뼈와 검뼈를 돌진시켜 조금 전 상대했던 검귀를 압박했다.

키릭, 키리릭!

잠깐 놈이 멈칫하는 순간이 올 것이다. 그때까지 기다린다.

몇 차례의 공방이 이어졌다. 역시 검귀의 공격력은 대단했다. 순식간에 검뼈 한 마리가 역소환되었다. 하지만 그 틈을 노린 강화뼈1의 돌진에 놈이 바닥을 굴렀다.

지금!

몸을 일으키는 검귀를 보고, 놈이 일어섰을 때 머리가 위치할 곳을 예상해 스킬을 사용했다.

강력한 활쏘기.

파앙!

화살 한 대가 허공을 가르고 날아가 검귀에게 적중했다.

이후 몸을 살짝 틀어 손에 들린 활을 인벤토리에 넣고 지팡이를 꺼내 성민우와 정령, 그리고 강화뼈2가 공격하고 있는 또다른 검귀를 향해 죽은 자의 축복을 사용했다.

무혁의 몸에서 시작된 보랏빛이 점점 퍼져나가 결국에는 검귀의 전신을 뒤덮었다.

키아아악!

상당한 마법 대미지가 놈에게 들어가고 있었다.

먼저 적중한 강력한 활쏘기의 대미지가 떠올랐다.

[291의 대미지를 입힙니다.]

그리고 죽은 자의 축복의 대미지가 뒤이었다.

[780의 대미지를 입힙니다.]

무혁은 지팡이를 넣고 다시 검을 꺼냈다.

연사!

오른쪽에 위치한 검귀, 강화뼈1과 검뼈들을 상대하고 있는 그놈에게 뼈 화살을 날리라는 명령을 내렸다. 7대의 화살이 날아가자마자 또다시 7대가 쏘아졌다.

검귀는 4대를 검으로 막아냈고, 6대는 방향을 틀어 피했다. 하지만 마지막 4대는 어찌할 수가 없었는지 공격을 허용하고 말았다.

퍼벅, 퍽.

화살을 맞은 놈이 잠시 멈칫하는 사이 강화뼈1의 공격이 이어졌다.

파바방!

그러는 사이에도 뼈 화살 공격은 계속 이어졌다. 검귀의 몸에 세 대가 더 꽂혔다.

거의 끝났네.

왼손이 잘리고부터 놈은 균형을 잃었다. 덕분에 이어진 공격이 생각보다 잘 통했을 것이다.

무혁은 마무리를 짓기 위해 공격에 박차를 가했다.

마침 메이지의 마법 쿨타임이 돌아왔다.

"한곳으로 몰자!"

"마법?"

"어."

"오케이!"

무혁의 외침에 대답한 성민우는 검귀를 압박했다. 무혁도 검귀를 왼쪽으로 밀어붙였다. 검귀 사이의 거리가 점차 가까워졌다.

거센 공격에 원래의 자리에서 밀려난 두 마리 검귀가 한곳에 모였을 때 메이지의 마법을 사용해 두 마리를 동시에 타격했다. 거대한 폭발과 함께 먼지가 치솟았다. 먼지를 뚫고 나온 검귀는 한 마리였다. 나머지는 바닥에 고꾸라진 상태였다.

[경험치가 상승합니다.]

고꾸라진 검귀는 순식간에 회색으로 물들며 사라졌다.

사체 분해를 할 시간이 거의 없기도 했고, 또 한다고 하더라도 검귀는 아무런 재료를 주지 않기에 시도할 필요가 없었다.

대신 다른 몬스터와는 다르게 그 자리에 아이템 하나를 남겼다. 작은 크기의 붉은 보석이었다.

스윽.

무혁이 보석을 집어 드는 것을 보고 성민우가 환호했다.

"뭐야? 또 나왔어?"

기분 좋은 외침과 함께 남은 검귀 한 마리가 쓰러졌다.

[경험치가 상승합니다.]

그 녀석 역시 보석을 남겼다. 덕분에 각자 하나씩 나눠 가질 수 있었다.

"크으, 진짜 여기서 한 달은 지냈으면 좋겠다!"

"한 달?"

"그럼 엄청나게 오를 거 아냐."

"아닐걸."

"어? 왜?"

"제한이 있을 거야."

"무슨 제한?"

"예를 들어서 3개만 올리면 더는 올릴 수 없다거나."

"아……."

아쉬운 표정의 성민우를 뒤로한 채 손에 들린 보석의 정보를 확인했다. 홀로그램에 보석의 정보가 떠올랐다.

[물리 공격력의 보석]
물리 공격력(0.1)을 영구적으로 상승시킨다.

분명 사기적인 아이템이었지만 무혁에게는 아쉬운 점이 있었다. 힘의 뱀이나 민첩의 뱀처럼 스탯이 올랐다면 소환수에 영향을 줬겠지만, 공격력은 세부 사항에 속한 스탯이었기에 무혁만 조금 더 강해질 뿐이었다. 25마리의 소환수와 함께하는 이상 전체적으로 보면 아주 미미한 수준으로 오를 뿐이었다.

게다가 무혁은 업적 포인트 상점에서 이미 더 대단한 것을 구매한 경험이 있었다. 당연히 느껴지는 감동이나 흥분의 높이가 그때보다 낮을 수밖에 없었다.

그래도 추가적인 능력치니까. 아쉽긴 하지만 그렇다고 손해가 될 건 없었다.

한계까지 올려야겠지.

무혁은 보석을 강하게 쥐었다.

콰직.

보석이 깨지면서 그 안에 깃든 마법적인 힘이 무혁에게 흡수되었다.

[물리 공격력(0.1)이 상승합니다.]

고개를 돌려 성민우를 보니 그도 보석을 깬 상태였다.

"크으, 좋다, 좋아!"

성민우의 경우에는 이런 던전이 처음이기에 아마도 상당히 흥분될 것이다. 무혁도 처음엔 그랬으니까.

"어제까지 치면 벌써 공격력이 0.8이나 올랐어."

"그러냐."

"오늘은 공격력 2만 올리자."

"그러면 좋지."

오랜만에 의욕이 넘치는 성민우와 함께 걸음을 옮겼다. 얼마 가지 않아 검귀가 나타났다.

"두 마리네."

부담은 되지만 그래도 세 마리보다는 훨씬 낫다. 딱 한 번 세 마리를 동시에 상대한 적이 있는데 그땐 정말 강제로 로그아웃당할 뻔했었다.

성민우와 무혁이 서둘러 한 마리를 처리하고, 나머지 두 마리에게 둔화의 독과 같은 부가적인 아이템을 사용하지 않았더라면 분명히 참사가 벌어졌으리라.

"난 왼쪽!"

무혁은 왼쪽으로 향했다.

"소환."

스켈레톤을 소환한 후 인해전술로 놈을 밀어붙였다. 계속 전장을 주시하면서 절대로 방심하지 않았다.

조금이라도 틈을 보이는 순간 놈은 순식간에 검뼈를 부서뜨리고 무혁에게 다가와 엄청난 피해를 안겨줄 테니까.

키이아아악!

마지막까지 긴장감을 유지한 덕분에 놈에게 기회를 주지 않을 수 있었다.

좋아, 마무리!

메이지의 마법 공격으로 놈을 처리했다.

[경험치가 상승합니다.]

이번에도 붉은 보석 하나를 얻을 수 있었다.

[물리 공격력(0.1)이 상승합니다.]

이것으로 두 사람 모두 공격력이 4.9나 올랐다.

"후아, 벌써 3일째인가?"

"어."

"슬슬 지겹네. 공격력 오르는 게 좋기는 한데……."

레벨도 1씩 올랐다.

모든 것이 좋았지만 던전이라는 공간이 주는 갑갑함이 있었다.

"일단 5 찍고 좀 쉬자."

"오케이."

앞으로 나아가니 검귀 한 마리가 나타났다.

"스켈레톤 소환."

검뼈와 아처, 메이지를 소환한 후 전투를 이어 나갔다.

거기에 성민우와 네 마리 정령까지 가세하니 이제 한 마리의 검귀는 여유롭게 상대가 가능했다.

지휘에 집중하며 어느 정도 수준까지 성장했는지 시험해 볼 여유도 생겼다.

강화뼈1, 오른쪽 대각선으로 향해 자율 전투.

강화뼈1이 방패로 검귀의 검을 막았다.

카강!

하지만 이후의 행동이 문제였다. 검귀의 공격이 끝나지 않았음에도 불구하고 방패를 치우더니 검을 내뻗은 것이다.

방어 이후 공격이라는 개념은 생성이 되었지만 아직 방패로 밀어내어 상대의 균형을 흔들리게 한다든가 혹은 피한 후 틈을 노리며 공격을 한다는 개념은 생성되지 않았다.

그런 부분은 조금 더 지혜가 높아져야 만들어질 것이다.

현재로썬 충분했다. 천천히 성장하면 되니까.

그 순간이었다.

[스켈레톤 메이지 소환 스킬의 레벨이 상승합니다.]

소환 레벨이 증가했다.

오호.

이제 다섯 마리의 메이지를 소환할 수 있게 되었다.

'전사와 아처는?'

스킬을 확인해 봤지만 경험치가 조금 부족한 상태였다.

며칠만 있으면 오르겠네.

게다가 나머지 스킬들 역시 경험치가 후반에 머물러 있었다. 머지않아 1레벨씩 상승하리라.

무혁은 소환수에게 자율 전투를 맡긴 후 새로운 전력이 될 메이지를 소환했다. 소환수 창을 열어 상태를 확인했다.

이름 : 스켈레톤 메이지5

레벨 : 63

HP : 790 / MP : 838

힘 : 18 / 민첩 : 12 / 체력 : 16

지식 : 12 / 지혜 : 15

보너스 포인트 : 31

무혁의 스탯 30퍼센트를 얻어 보너스 포인트를 하나도 사용하지 않았음에도 스탯이 꽤 높았다. 무혁은 흡족하게 웃으며 곧바로 보너스 포인트를 사용했다.

지식에 올인.

어차피 메이지 한 마리가 사용하는 마법의 쿨타임도 긴 편이고, 그 정도 시간이면 마나도 상당히 차오른다. 현재 지닌 800의 마나면 한동안은 충분하리란 판단이었다.

마뼈5로 이름을 변경한 스켈레톤을 가만히 바라보던 무혁이 고민에 빠졌다.

'그냥 메이지로 할까?'

그게 더 편한 느낌이었다.

좋아, 결정.

무혁은 마뼈의 이름을 모두 메이지로 변경했다. 마지막으로 메이지5의 상태를 확인했다.

이름 : 메이지5
레벨 : 63
HP : 790 / MP : 838
힘 : 18 / 민첩 : 12 / 체력: 16
지식 : 43 / 지혜 : 15

물리 공격력 : 54 / 마법 공격력 : 215
물리 방어력 : 16 / 마법 방어력 : 86
공격 속도 : 118%

이동속도 : 116%

반응속도 : 101.2%

아주 흡족한 수준이었다.

마공이 215.

여기에 미리 제작해 뒀던 지팡이를 주었다. 대미지는 80으로 낮은 수준이었지만 잠깐 쓰기엔 나쁘지 않았다. 덕분에 마공이 295로 증가했다.

무혁은 곧바로 메이지5의 스킬을 확인했다.

[화염의 창 1Lv(0%)]

화염으로 만든 창으로 적을 꿰뚫는다.

-마법 대미지×150%

-시전 소요시간 : 2초

-쿨타임 : 150초

화염의 창이었다.

150퍼센트면……

스킬을 사용할 경우 대미지 442.

한 마리로만 봐도 절대 무시하지 못할 수준이었는데 이런 메이지가 네 마리 더 있었다. 게다가 그 네 마리는 이미 스킬이 2레벨 수준이었고 무기까지 더 좋아서 대미지가 메이지5보다 더 높았다.

다섯 마리가 동시에 마법을 사용한다면?

적의 마법 방어력을 고려하더라도 2천 이상의 HP를 단숨에 날려 버릴 어마어마한 전력이었다.

절로 웃음이 났다.

"내가 마무리 지을게."

"오케이!"

성민우가 뒤로 물러났고 그 모습을 확인한 무혁이 메이지 다섯 마리에게 명령했다.

마법 시전.

시전 시간 2초가 흐르자.

콰아아앙!

뻗어 나간 다섯 줄기의 마법이 검귀를 강타했다. 아쉽게도 단숨에 죽이지 못했는지 검귀가 아직 꿈틀거리고 있었다.

"에이, 안 죽었잖아!"

"쩝, 그러게."

마무리는 결국 성민우의 정령들이 맡았다.

[경험치가 상승합니다.]

놈이 사라지고 나온 보석을 집어 든 성민우가 말했다.

"하나 더 나오면 같이 깨자."

"마음대로."

휴식은 필요 없었다.

두 사람은 곧바로 던전을 누볐고 다시 한 마리의 검귀를 만날 수 있었다. 놈을 처리하고 얻은 보석은 무혁이 가졌고 둘은 그제야 함께 그것을 흡수했다.

[물리 공격력(0.1)이 상승합니다.]

이것으로 두 사람 모두 공격력이 5만큼 올랐다.

"더 오르려나?"

"그러면 좋은 거고."

기왕 들어온 던전이기에 지금보다 더 올릴 수 있다면 그게 최고이리라.

"일단 가 보자고."

두 사람은 다시 앞으로 향했고.

"……."

몬스터 대신 세 개의 문과 마주했다.

문은 상당히 거대했다.

단단해 보이는 문의 상단에는 기묘한 문양이 그려져 있었는데 그게 마치 주변 공기를 짓누르고 있는 것만 같았다.

'마법 문양인가?'

고개를 갸웃거리며 살폈다.

"흐음."

하나는 방패처럼 보였다. 하지만 나머지는 알 수가 없었다.

"저건 방패 같은데?"

성민우도 무혁과 보는 눈이 비슷한 모양이었다.

"중간에 있는 건?"

"저건 나도 잘……."

"오른쪽은?"

"마법인가?"

성민우의 말에 순간 혹했다.

'어, 정말 마법을 상징하는 것 같기도 하고……'

보면 볼수록 그 말이 맞는 것 같았다.

"그럼 왼쪽은 방패, 오른쪽은 마법, 중간은 모르겠고."

"이 중의 하나를 택하면 되나?"

"그런 것 같은데……. 어디로 가고 싶어?"

"마법은 좀 부담되는데……."

"오히려 쉬울 수도 있어."

"어?"

"HP가 낮으니까 소환수로 밀어붙이면 쉽게 끝날지도 모르잖아. 방패는 딱 봐도 단단해 보이고. 엄청나게 단단한 놈이

나타나면 그건 또 그것대로 힘들지. 뭐 저 문양대로 몬스터가
안 나타날 수도 있는 거고."

"후아, 진짜 고민된다."

무혁도 난감하긴 마찬가지였다.

오랜 고민 끝에.

"그냥 찍자."

그리고 선택한 곳은 파악하지 못한 문양을 지닌 중앙의 문
이었다.

손을 뻗었다.

차가운 감촉이 올라오고.

[선택하시겠습니까?]

[Yes/No]

예스를 선택하자 공간이 일그러졌다.

잠시 호흡을 멈췄다가.

"후아."

다시 내뱉었을 땐 어느새 보이는 것이 달라진 후였다.

바뀐 장소는 일반적인 던전보다 더 넓고 환했다. 이 정도라
면 소환수를 일렬로 세워도 될 것 같았다.

"상당히 넓은데?"

어떤 녀석이 나올까. 벌써 걱정이 되었다.

"가 보자고."

"오케이."

서두르지 않고 천천히 걸음을 옮겼다. 주변을 철저하게 경계하면서 앞으로 나갔다.

키아아악!

그때 첫 번째 몬스터가 모습을 드러냈다. 검귀와 흡사하게 생긴 인간형 몬스터였지만 놈과는 확연히 다른 특성을 지닌 '방극'이라는 녀석이었다. 역시 75레벨의 몬스터였는데 무혁도 모르는 녀석이었다.

"일단 탐색부터."

"알았어."

먼저 뼈 화살을 날렸다.

파방! 팡!

공기를 가르며 날아간 뼈 화살이 놈에게 꽂혔다.

느린데?

확신을 위해 한 번 더 공격했다. 이번에는 뼈 화살만이 아니라 성민우의 정령 네 마리도 놈에게 마법을 사용했다.

콰과과광!

이번에도 녀석은 피하지 못했다.

아니, 피하지 않은 건가.

무혁은 처음과는 달리 표정이 조금 일그러진 상태였다. 혹시나 해서 메시지를 확인했는데 하필이면 예상이 들어맞은 탓이었다.

['활뼈1'의 공격이 성공합니다.]
[37의 대미지를 입힙니다.]
['활뼈2'의 공격이 성공합니다.]
[35의 대미지를 입힙니다.]

현재 활뼈1과 2의 대미지는 대략 200 수준이다. 한데 방패로 방어를 한 것도 아니었는데 겨우 37과 35의 대미지가 들어갔다.

특성인가?

검귀의 경우 기본 공격력이 아주 뛰어난 특성을 지니고 있었으니 눈앞에 있는 몬스터는 충격을 흡수하는 특성을 지니고 있을지도 모른다는 생각을 했다.

'그럼 공격력이 낮을 가능성이 높아.'

찌푸렸던 미간을 다시 폈다. 이제 확인할 차례지.

강화뼈2, 앞으로.

강화뼈를 놈의 지척에 세웠다.

키아아악!

방극이 손에 들린 몽둥이를 휘둘렀다.

퍼억.

둔탁한 소리와 함께 강화뼈2가 비틀거렸다.

방어 모드.

서둘러 강화뼈2의 HP를 확인했다.

"……!"

이번엔 무혁의 생각이 빗나갔다. HP가 150이나 줄어 있었다. 일부러 방패로 방어하지 않았기에 놈의 대미지를 정확하게 파악할 수 있었다.

강화뼈2의 방어력은 100이니 녀석의 대미지는 250인 것이다. 검귀가 550 정도였으니 확실히 녀석보다 공격력이 낮기는 했다. 문제는 검귀와는 비교도 되지 않을 정도로 높은 방어력이었다.

"힘들겠는데?"

"어? 뭐가?"

"방어력이 너무 높아."

"그 정도야 뭐."

"공격력도 무시할 수준이 아니고."

"음? 그래?"

심각한 분위기를 느낀 걸까.

성민우도 정령을 이용해 놈의 공격력과 방어력을 대략적으로 파악해냈다.

"허얼……."

그런데 무혁보다 더 충격을 받은 표정이었다.

"왜 그래?"

"마방도 사기적으로 높아."

"아……."

방어력과 마법 방어력이 극단적으로 높으며 공격력도 결코 무시할 수 없는 몬스터를 보니 C급 던전의 난이도가 체감되었다.

"장난 아니네, 진짜."

그렇다고 포기할 순 없었다. 어려운 만큼 해결했을 때의 보상도 클 테니까.

"일단 그룹을 나누자."

"그룹?"

"어, 한 번에 나서지 말고 그룹을 나눠서 놈을 계속 견제하는 거야. 3개 정도로 나눠서 1그룹이 놈을 상대할 때 2, 3그룹은 견제나 휴식을 취하고 1그룹 소환수의 HP가 떨어지면 2그룹이 나서는 거지."

"괜찮겠는데."

"강화뼈1, 2랑 어스를 먼저 나누고 나머지 정령이랑 검뼈는 각 조에 고루 넣으면 되겠네."

아처와 메이지는 원거리 딜러기에 따로 그룹을 나눌 필요가 없었다.

강화뼈1과 검뼈3, 4, 5, 6은 왼쪽, 강화뼈2와 검뼈7, 8, 9, 10은 중앙, 나머지 검뼈와 정령 어스는 오른쪽에 배치했다.

이렇게 3그룹으로 나뉘었을 때.

"끝났냐!"

"어, 이제 뒤로 빠져."

그동안 몬스터를 상대하던 성민우가 뒤로 물러났다.

강화뼈1과 검뼈 3, 4, 5, 6 앞으로.

성민우 대신 다섯 마리 스켈레톤을 보내 놈의 공격을 방어하는 역할을 맡겼다.

그런 다음 인벤토리에서 둔화의 독과 환각의 독, 약화의 마비와 출혈의 눈물을 꺼내어 활뼈가 시위에 건 뼈 화살에 묻혀 줬다.

그다음은 연사. 뼈 화살이 쏘아진다.

[36의 대미지를 입힙니다.]

[35의 대미지를 입힙니다.]

[37의 대미지를 입힙니다.]

[36의 대미지를…….]

놈이 피하지 않아 14대의 뼈 화살 전부가 적중했고 덕분에 500 정도의 HP를 줄일 수 있었다. 그리고 화살에 바른 아이템들의 효과로 인해 속도도 느려지고, 지속적으로 피해를 입었다. 게다가 환각으로 인해 잠시나마 움직임이 멈췄다.

방어력이 너무 높긴 하지만 이렇게 피해를 누적시킨다면 충분히 사냥할 수 있으리라.

좋아, 메이지 마법!

곧이어 마법까지 퍼부었다.

[102의 대미지를 입힙니다.]
[104의 대미지를 입힙니다.]
[98의 대미지를 입힙니다.]
[101의 대미지를 입힙니다.]
[78의 대미지를 입힙니다.]

활뼈보다 확실히 높은 대미지였지만 한 번 마법을 사용하면 2분 30초 동안 하는 게 없었다. 게다가 피해가 활뼈의 연사보다 더 미미했다.

무혁은 잠시 고민하다가 메이지 다섯 마리를 모두 역소환했다. 이러면 소모되는 MP가 줄어들어서 현재 남은 전사와 아처를 무한으로 유지할 수 있었다.

'유지력을 높이려면 별수 없지.'

무혁은 아쉬움을 달래며 죽은 자의 축복을 사용해 강화뼈 1을 치유한 후 화살을 시위에 메겼다.

강력한 활쏘기.

놈을 노리며 시위를 놓았다.

파앙!

그러다 1그룹에 속한 소환수의 HP가 줄어들면 체력이 줄어든 1그룹을 뒤로 물리고 2그룹을 앞으로 내보냈다. 2그룹이 방어하는 동안 다시 공격을 퍼부었다.

어스를 제외한 나머지 정령 역시 쉼 없이 아군을 보조하며 적을 견제했다.

그러다 2그룹 소환수의 HP가 줄면 3그룹을, 3그룹 소환수의 HP가 줄어들면 충분히 회복한 1그룹을 내보냈다.

몇 번이나 그룹을 교체했을까.

"3그룹!"

"오케이!"

어스가 포함되어 있는 3그룹이 놈을 압박하고 있을 때였다.

키아아아악!

처음으로 놈의 괴성을 들을 수 있었다.

하필이면 그 순간.

"엇, 나 MP 바닥이야!"

성민우의 당황한 목소리와 함께 정령 네 마리가 사라지고 말았다. 3그룹에서 가장 중요한 탱커의 역할을 맡고 있던 어스도 당연히 사라졌다.

"아, 진짜!"

"미안!"

성민우가 뒤로 훌쩍 물러났다.

"나 MP 좀 채우자."

"하아, 그래라."

한숨을 쉰 무혁이 서둘러 강화뼈1로 어스의 빈자리를 채우고, 검뼈11, 12를 합류시켜 전력을 강화했다. 강화뼈1과 2를 중심으로 그룹을 재편성한 것이다. 아슬아슬했지만 그럭저럭 버틸 수준은 되었다.

"아직이야?"

"조금만!"

무혁이 근근이 버티는 사이.

"됐다!"

성민우가 다시 정령 소환과 함께 전투에 합류했다.

"후우."

그제야 숨을 돌린 무혁이 다시 놈을 압박하기 시작했고.

키아아아악!

정말 긴 시간을 투자해 놈을 처치할 수 있었다.

[경험치가 상승합니다.]

이번에도 사체 분해를 할 시간은 없었다. 시체가 정말 빠르게 사라졌기 때문이다.

"이 녀석도 뭐 남겼는데?"

이번엔 푸른 보석이었다. 그것도 두 개, 그중 하나를 집은 무혁이 정보를 확인했다.

[물리 방어력의 푸른 보석]

물리 방어력(0.1)을 영구적으로 상승시킨다.

[마법 방어력의 짙푸른 보석]
마법 방어력(0.1)을 영구적으로 상승시킨다.

무혁의 눈이 조금 커졌다.

"두 개야."

"두 개?"

"어, 게다가 방어력이야."

"오오, 진짜?"

성민우가 다가왔다. 무혁은 두 가지 보석을 그에게 넘겼다.

"허얼!"

물리 공격력 3은 힘 1과 같고 물리 방어력 1은 체력 1과 같다. 즉, 물리 방어력의 보석이 물리 공격력의 보석보다 훨씬 더 좋은 보석이다.

그리고 마법 방어력 역시 지식 1에 2가 오른다. 물리 방어력의 보석보다는 효율이 떨어지지만 물리 공격력의 보석보다는 효율이 높았다.

"이건 공격력보다 훨씬 대박인데? 완전 타의 모범이 되는 품행 단정한 녀석이잖아!"

"뭔 소리야."

"엄청 좋은 녀석이라고."

"뭐, 그건 동감."

정말로 만족스러웠다. 이 정도면 충분히 시간을 투자할 가치가 있었다.

"10분만 쉬고 바로 가자."

"오케이!"

휴식을 취하고 길을 나섰다.

크릉.

나타난 방극과 치열한 혈투를 벌였고.

"좋았어!"

그 대가로 물리 방어력과 마법 방어력을 올려주는 보석을 각각 한 개씩 얻었다.

"일단 하나씩 먹자."

"그래."

2개씩 모은 보석을 한 쌍씩 나눠 가졌다.

콰직.

손에 쥐고 부서뜨리자 능력이 올랐다.

[물리 방어력(0.1)이 상승합니다.]
[마법 방어력(0.1)이 상승합니다.]

능력치 보석에다가 무지막지한 경험치까지…… 전투의욕이 넘칠 수밖에 없었다.

"더, 더!"

검귀를 상대할 때도 휴식을 적게 취하고 전투를 길게 이어 갔던 둘이었다. 이번에는 검귀를 상대할 때보다 더 적게 휴식을 취하고 잠까지 줄이면서 전투의 시간을 길게 잡았다. 덕분에 훨씬 빠른 속도로 경험치와 방어력을 올릴 수 있었다.

이틀이 지났을 무렵.

무혁은 방어력과 마법 방어력을 각각 3씩 올렸고 그것은 성민우 역시 마찬가지였다.

[레벨이 상승합니다.]

레벨 업은 덤이었다.

⚜

어제저녁부터 시작된 사냥은 새벽을 넘어 아침까지 이어졌다. 그래서 오늘은 아예 오후 3시까지 쉬기로 했다.

"으으……"

하지만 무혁은 늦잠을 잘 수 없었다.

따르르르르.

알람 소리 때문이었다.

뒤척거리며 손을 뻗어 괴성을 지르고 있는 휴대폰을 쥐었다. 잠결에 시간을 확인한 무혁이 탄성을 내뱉었다.

"아……."

현재 시각 12시 30분.

20분에 알람을 맞췄는데 깨어나지 못해 2분마다 반복되는 알람이 지금까지 이어진 것이다.

비척거리며 침대에서 일어났다. 머리를 살짝 흔들어 정신을 깨운 후 화장실로 향해 물을 틀었다.

촤악.

찬물이 얼굴에 닿자 정신이 들었다.

"후아."

간단하게 씻은 후 옷을 갈아입고 집을 나섰다.

벌써 45분.

차에 올라타 시동을 걸고 약속 장소로 향했다.

흐음, 여기가 맞나.

주소를 찍고 오긴 했는데 조금 이상했다. 갈수록 번화한 거리에서 멀어지고 있었다. 길도 좁아지고 주위에 보이는 식당도 상당히 오래되어 낡은 상태였다. 그렇다고 손님이 없는 건 아니었다. 물론 그것도 잠깐이었다.

조금 더 깊이, 조금 더 좁게.

길을 따라갈수록 한가해졌다. 어느 순간부터 사람이 거의 보이지 않았다. 여기가 맞는지 의문이 들었지만 그래도 주소는 정확했기에 일단 가보기로 했다. 주차할 곳부터 찾아야 했다.

조금 돌아다닌 끝에 차를 한 대 세울 자리를 찾아 주차한 다음 차에서 내려 내비게이션으로 확인했던 길로 들어갔다. 성인 남자 두 명이 어깨를 부딪히며 걸어갈 정도의 좁은 골목이었다. 골목길의 오른쪽에 약속한 식당이 있었다.

아, 여기네.

이름도 없고 간판도 달리지 않은 식당 구석에 그녀가 자리를 잡고 앉아 있었다.

저벅.

등을 돌린 채 앉아 있었지만 알아볼 수 있었다.

"크흠."

헛기침을 하자 그녀가 고개를 돌렸다.

유라가 맞았다.

"아, 왔어요?"

"네."

맞은편에 자리를 잡은 후 식당을 둘러보며 말했다.

"이런 곳을 용케 알고 있었네요."

"자주 오는 곳이에요."

"그래요?"

"네, 여기 김치찌개가 정말 맛있거든요."

유라가 웃었다.

'김치찌개라……'

사실 고급 레스토랑 같은 곳에 갈 줄 알았다. 사과하는 의

미로 밥을 사겠다고 했고, 또 그녀의 이미지는 누가 보더라도 고급스러웠으니까.

'의외네.'

묘한 감정을 담아 그녀를 쳐다봤다.

잠깐의 적막감이 두 사람 사이에 흘렀다. 무혁은 물론 유라 역시 어색함을 느꼈다.

"크, 크흠."

"아, 일단 주문부터……."

"그러세요."

유라가 아주머니를 보며 말했다.

"여기 김치찌개 2인분 주세요."

"네, 금방 갖다 줄게요."

아주머니가 웃으며 안으로 들어갔다.

다시 단둘만 남게 되었다.

유라가 물을 한 모금 마시고 말했다.

"다시 사과할게요."

"네?"

"전에는 정말 미안했어요."

무혁도 조금 미안한 감정이 있었다.

'사실 뭐, 그렇게 심하진 않았지.'

그냥 정보를 다 까발리게 될까 두려워서 혼자서 오버한 부분도 분명히 있었다.

"괜찮아요. 저도 너무 심하게 대했으니……."

"아니에요. 제가……."

"아무튼, 그날은 잊죠."

"좋아요."

사실 무혁은 유라가 왜 이렇게까지 나오는지 잘 이해가 되지 않았다.

그녀는 스타가 아닌가.

같이 던전을 돌면서 보스 몬스터로부터 구해주기는 했지만, 그것만으로 이렇게까지 사과를 하고 저자세로 나오는 건 이해하기 어려웠다.

"……."

이유를 묻고 싶은데 그러기가 참 어려웠다. 무언가 말은 시작하고 싶은데 입이 떨어지질 않았다.

뭐라고 물어야 할지…….

마침 김치찌개가 나왔다. 아쉽기도 했지만 동시에 다행이라는 생각도 들었다.

아주머니가 돌아가고 유라가 숟가락을 들었다.

"맛있게 드세요."

"네, 유라 씨도."

무혁도 찌개를 한 숟가락 펐다.

보글거리는 국물, 피어오르는 연기.

조심스럽게 불어 국물을 식힌 후 입에 넣었다.

그 맛에 눈이 커졌다.

"으음."

"어때요, 괜찮죠?"

"네, 자주 오는 이유가 있었네요."

"당연하죠."

문득 유라의 표정이 아련해졌다.

"여기 오면 엄마 생각나서 좋아요."

무혁은 대꾸하지 않았다.

"예전에 엄마가 해주던 찌개가 이렇게 맛있었는데……."

"어머니가……?"

"아, 어렸을 때 돌아가셨어요."

쓸데없이 미안해졌다.

'쩝, 그런 이야기는 왜 하는 거야.'

조금 불편하기도 했지만 그래도 그녀의 비밀을 알게 되었다고 생각하니 기분이 묘해졌다.

"모르셨어요?"

"네?"

"방송에 자주 언급이 되어서 아는 줄 알았어요."

"아……."

무혁이 고개를 끄덕였다.

그랬구나, 괜히 웃음이 나왔다. 내가 무슨 생각을 한 거야…….

"제가 TV를 잘 안 봐요."

"그럴 것 같았어요."

분위기는 나쁘지 않았다. 무혁도 유라도, 그냥 평범한 대화를 나누고 있음에도 이상하게 입가의 미소가 사라지지 않았다.

이런저런 이야기가 이어졌다. 둘의 대화에 일루전은 빠질 수가 없었다.

"아, 저기. 일루전에서 한번 볼래요?"

"일루전이요?"

"네, 같이 사냥도 하면 좋잖아요."

"아, 지금은 곤란한데……."

"왜요?"

"던전에 있거든요."

유라의 눈이 커졌다.

"던전요?"

"네."

"와, 탑 클리어한 지 얼마나 되었다고 벌써……."

"그러게요. 운이 좋았죠."

"엄청 좋네요. 음, 그러면 던전 클리어하면 같이 사냥해요. 어때요?"

성민우라면 흔쾌히 허락할 것 같았다.

뭐, 나도 나쁘지 않고. 유라라면 센스도 있는 편이었으니까.

"그러죠."

"고마워요. 그러고 보면 참 신기해요."

"뭐가요?"

"우리 첫 만남 기억나요?"

무혁이 어색하게 웃었다. 그녀를 함정에 빠뜨렸던 그 날을 어찌 잊겠는가.

"정말 얼마나 당황스럽던지."

"하, 하하……."

무혁이 식은땀을 흘렸다.

"그땐 많이 놀랐겠네요."

"그럼요. 얼마나 놀랐는데요. 당황스럽기도 했고요."

"미안했어요."

"뭐, 추궁하려는 건 아니에요."

유라가 상체를 조금 숙였다. 거리가 좁혀지자, 그녀의 향기가 코끝을 파고든다.

'샴푸 냄새일까? 스킨, 로션? 아니면 그녀의 몸에서 나는 자연스러운 향인가.'

괜히 기분이 아찔해졌다.

무혁이 어색함에 헛기침을 했지만, 그녀는 그런 무혁의 기분을 눈치채지 못한 듯 조금 더 거리를 좁혀왔다.

"예전부터 궁금했는데 하나 물어봐도 돼요?"

"크흠, 어떤 거요?"

"왜 그렇게까지 자신을 숨기려고 해요?"

탑에서도 들었던 질문이다. 그땐 얼버무리며 대답하지 않았었다.

"흐음, 숨기려는 이유라……."

남들은 알 수 없는 정보를 바탕으로 성장했다. 그리고 성장에 방해가 되거나 불필요한 요소들은 모두 배제했다.

이번 퀘스트도 마찬가지다. 퀘스트를 선택할 때 중요한 점이 무엇인지 이미 알고 있었기 때문에 연계 퀘스트를 발견할 수 있었고 그 퀘스트를 해결한 덕분에 숨겨진 던전에 들어갈 수 있었다.

무혁은 7년이 넘는 세월만큼의 정보를 알고 있었고, 그것들을 토대로 남들은 할 수 없는 여러 가지 일들을 해내고 있었지만 그걸 어떻게 설명할 수 있단 말인가.

설명할 순 없지만 일루전에 대해서 누구보다도 많은 정보를 알고 있다고?

믿을 수도 없겠지만, 설사 믿는다고 해도 기가 막힐 노릇이리라.

"운이 너무 좋으면 질시를 받더라고요."

유라가 고개를 주억거렸다.

외눈박이 거인을 상대했을 때 무혁의 강함에 얼마나 놀랐던가. 그 강함에는 무혁만의 이유가 있을 것이다. 아니면 단순히 운으로 볼 수도 있겠다는 생각도 들었다.

"운도 실력이에요. 무엇보다 관심받을 수 있잖아요?"

"전 그게 부담이 돼서요."

"좀 더 성장하면 부담이 되더라도 관심을 받을 수밖에 없을 걸요."

"알아요. 그래도 최대한 조용히 성장하려고요. 조금이라도 덜 방해를 받아야 랭킹도 더 빨리 올릴 수 있지 않겠어요?"

"그건 맞아요. 인기를 얻게 되면 꼭 방해하려는 사람이 생기더라고요."

두 사람 모두 일루전에서의 레벨이 낮지 않기 때문에 서로를 이해할 수 있는지도 모른다. 특히 유라는 인기 있는 연예인이기 때문에 관심으로 인한 피해도 상당히 입었을 것이다.

그렇게 작은 공감대를 형성했다. 처음의 어색함도 많이 사라진 상태였다. 그때 아주머니가 다가와 무언가가 담긴 접시를 내려놓으며 말했다.

"자, 이건 서비스예요."

신의 음식, 치킨이었다.

"어, 이걸……."

김치찌개를 먹으러 왔는데 치킨이 서비스라니…….

물론 다리 하나, 날개 하나, 목이 하나에 가슴살이 하나였지만 그래도 치킨은 치킨이었다.

"괜찮아요. 어차피 나 혼자는 다 못 먹어요."

"아……."

뒤늦게 인사를 했다.

"감사합니다."

"뭘요, 호호."

아주머니가 돌아가고 잠시 치킨을 보고 있으니 선물을 받은 기분이었다. 치킨이라서가 아니라, 이렇게 손님을 챙겨주는 식당 아주머니의 마음이 고마웠다.

"원래 저녁 시간에 오면 이것저것 많이 줘요."

"그렇군요."

"참, 치킨을 보니까 생각이 났는데요. 제가 심리테스트 해드릴까요?"

"네? 심리테스트요?"

"네, 해드릴게요."

"아, 뭐, 그러세요."

"무혁 씨는 치킨 먹을 때 어느 부위를 먼저 먹어요?"

"어, 저는……."

잠시 고민하던 무혁이 손을 뻗었다.

치킨은 신의 음식이다. 비교적 값이 저렴한데도 불구하고 매우 뛰어난 맛을 자랑한다. 밤이 되면 생각나는 음식, 맥주 하면 생각나는 음식, 배가 고플 때도 생각나는 음식이 바로 치킨인 것이다.

백숙으로 만들어도 맛있고, 튀겨도 맛있고, 그냥 생살을 구워도 맛있다. 이 얼마나 위대한 음식인가! 그렇기에 사람들이 치느님이라 부르는 것이리라.

이 중에서도 각기 좋아하는 부위가 있다.

흐음, 나는…….

고민할 것도 없이 목을 집어 들었다.

"목 부위요."

뼈에 붙은 아주 적은 양의 살점들. 하지만 그렇기 때문에 더 아쉽고 맛있는 그 기분을 어찌 말로 설명하랴.

물론 치킨하면 다리가 먼저 떠오르긴 한다. 누가 뭐라고 해도 가장 많은 사람들이 찾는 부위니까. 무혁도 둘이서 먹으면 다리 하나는 반드시 먹는 편이지만 가장 먼저 집어 드는 건 이상하게도 이 목 부위였다.

"독특하네요."

"그런가요?"

"네, 아무튼 목을 선택한 무혁 씨는 좋고 싫음이 꽤 분명한 성격이네요. 한 번 싫으면 끝까지 싫어하는 경향이 강해요. 물론 한 번 좋아지면 누구보다도 최선을 다하는 타입이기도 하고요. 사람을 조금 가리는 경향이 있지만, 타인의 의견을 존중하고 자기주장도 지나치게 하지는 않아요. 하지만 뜻밖에 소심한 면이 있어서 매사에 적극적으로 행동하기 위한 노력이 필요하답니다."

"오호, 그래요?"

"네, 어때요?"

"잘 맞는데요?"

"정말요?"

확실히 수긍 가는 부분이 많았다. 우선 싫고 좋음이 분명하고, 그다음은 사람을 좀 가리는 면이 있었다. 그리고 분명히 소심한 면도 있었다.

심리테스트에 어느 정도 신뢰가 생기자 다른 부위를 선택한 사람들은 어떤지 괜히 궁금해졌다.

"그럼 다리를 먼저 선택한 사람은요?"

"다리를 선택한 사람은 자신감이 넘쳐서 매사에 적극적이에요. 늘 스스로 당당하고 또 틀에 박힌 삶을 싫어하죠. 변화를 두려워하지 않고 소신대로 밀고 나간답니다. 하지만 융통성이 없다는 소리를 들을 수 있고 너무 자기주장만 강하게 늘어놓을 수 있으니 조금 더 신중해질 필요가 있어요."

기왕 들은 거 끝까지 들어보기로 했다.

"날개는요?"

"고독을 즐기고 명상하는 걸 좋아해요. 그래서 감성이 풍부해서 섬세하다는 소리를 많이 듣는답니다. 하지만 섬세한 만큼 깊은 관계를 갖기까지 시간이 걸려요. 대신 마음을 한 번 오픈하면 모든 것을 주는 타입이죠. 하지만 지나친 망상에 빠지게 되면 현실과 망상을 구분하지 못해서 정상적이지 못한 행동을 할 우려가 있으니 이 또한 조심해야겠죠?"

무혁이 크게 웃었다.

"신기하고 재밌는데요?"

"정말요? 가슴살도 알려드릴까요?"

"네."

"가슴살을 택한 사람은 육체적, 정신적으로 매우 활발해서 외향적인 성격을 지닌 것은 물론이고 밖으로 다니며 노는 것을 좋아해요. 그래서 여행을 자주 다닐 확률이 높아요. 그런 만큼 개방적인 성격을 지니고 있기 때문에 다른 사람과의 관계가 좋아서 인맥의 왕이 될 확률이 높아요. 다만, 모든 사람과 두루 친하다 보니 진짜로 친한 친구는 없을 가능성이 크답니다."

무혁이 고개를 주억거렸다.

"으흠."

"재밌었어요?"

"네, 아주 많이 재밌었어요. 근데 유라 씨는 어디에 속해요?"

"저는……"

"아, 제가 맞춰볼까요?"

"무혁 씨가요?"

"네."

"좋아요!"

무혁은 그녀의 평소 성격을 떠올렸다. 그녀는 매사에 적극적이지만 융통성 없이 자기주장만 했었다. 그리고 대놓고 정보에 관해 물어보기도 했다.

'그렇다면……'

"다리요."

"어, 맞아요. 어떻게 알았어요?"

사실대로 말할 순 없는 법.

"자신감 넘치고 적극적이고. 당당하고 멋지잖아요."

그 말에 유라가 고개를 살짝 숙였다.

"고, 고마워요."

볼이 붉어진 것 같은데?

"뭘요. 사실인데요."

심리테스트 덕분인지 분위기가 한층 밝아졌다. 덕분에 그녀와의 멀었던 거리가 조금은 좁혀진 기분이었다.

어떻게 하다 보니 첫 만남이 자극적이었고 다시 만나서는 서로를 까칠하게 대했다. 또 어쩌다 보니 이렇게 얽혀 버렸다. 외눈박이 거인으로부터 구해주기도 했고, 인사를 받는 자리에서 화를 내기도 했다. 그러다 지금 다시 만나게 되었고…….

'이건 무슨 사이인지…….'

하지만 이상하게도 기분이 나쁘지 않았다.

"예전에는 한 번 이랬던 적이…….'"

"어머, 정말요?"

"네, 조금 창피했었죠."

"완전 웃겨요!"

그녀의 미소가, 그리고 눈동자가 빛났다.

무혁은 시간이 가는 줄도 모르고 그녀와 한참 동안 이야기를 나눴다.

　서로를 응시하면서.

　무혁은 그녀와의 만남 이후 이틀동안 대부분의 시간을 사냥에 투자했다. 그런 노력 덕분일까.

[물리 방어력(0.1)이 상승합니다.]
[마법 방어력(0.1)이 상승합니다.]

　무혁과 성민우 둘 모두 물리 방어력과 마법 방어력을 각각 5씩 올릴 수 있었다.
　"드디어 5까지 올렸네."
　"어, 고생했다."
　이후로도 방극을 사냥했고 또 보석을 주웠지만 안타깝게도 더 이상 방어력을 올릴 수는 없었다.

[물리 방어력이 한계치까지 성장했습니다.]
[마법 방어력이 한계치까지 성장했습니다.]

　이젠 최대한 빨리 이곳을 벗어날 필요가 있었다.

"으아, 능력치가 안 오르니까 괜히 손해 보는 기분이야!"

"조금만 쉬고 나가자."

무혁은 휴식을 취하면서 성민우에게 그날의 일을 얘기했다.

"뭐? 유라 씨가 같이 사냥을 하자고 했다고?"

"어."

"언제?"

"던전에서 나오면?"

"야, 야. 일어나라. 어디 그 무거운 엉덩이를 붙이고 있냐. 어서 클리어해야지!"

무혁이 피식하고 웃었다.

"쉬자며?"

"그건 그때고."

성민우가 무혁을 질질 끌었다.

"알았어, 인마!"

성민우의 성화에 몸을 일으켜 앞으로 나아갔다. 그때 뒤에서 소심한 목소리가 들려왔다.

"그리고 말이야."

"또, 뭐?"

"그날 유라 씨 친구도 한 명 더 부르면 안 되냐?"

"뭔 소리야."

"2 대 2가 좋잖냐."

"……."

헛소리는 한 귀로 흘리는 게 좋다.

"무혁아아!"

"왜."

"말이라도 좀 해 봐. 어?"

헛소리는 한 귀로……

"나도 연애 좀 하자! 나 5년 동안 연애 한 번 제대로 못 하고……"

"겨우 5년?"

"겨, 겨우라니!"

'나는 전신 마비 시절까지 포함하면 10년이다. 자식아!'

속으로 생각하며 성민우를 보니 어울리지 않게 울먹거리는 표정을 짓고 있었다. 그 모습이 어쩐지 불쌍해 보였다.

"쩝, 알았어……"

"야, 진짜지?"

"그래그래."

"고맙다. 짜식! 역시 너밖에 없어!"

"휴우."

깊은 한숨을 뱉어내며 나타난 방극을 상대했다.

"아뵤오!"

신이 난 성민우가 기합을 터뜨리며 평소보다 훨씬 날렵한 움직임을 선보였다. 덕분에 무혁은 방극과 전투를 치르면서 처음으로 여유를 느꼈다.

'진작 저렇게 싸우던가……'

뒤통수를 한 방 갈기고 싶다는 생각을 하며 스케렐톤을 지휘하는 무혁이었다.

거우 방극으로부터 벗어났다.

"문이……"

처음엔 3개였는데 지금은 1개만이 남아 있었다.

"2개가 남아 있어야 하는 거 아냐?"

"뭐, 꼭 그러란 법은 없지만."

그래도 아쉽기는 했다. 2개 전부 돌았으면 능력치가 더 올랐을 텐데.

"마법 문양이지?"

"어."

"바로 들어가자고. 뭐, 더 있는 것도 좋긴 한데 하나만 남은 것도 나쁘진 않아. 오래 있었더니 너무 갑갑해."

무혁도 고개를 끄덕였다.

"좋아, 그럼 가 보자고."

둘은 함께 마법 문양이 그려진 문을 밀었다.

화아아악.

세상이 한번 일그러졌다가 다시 맞춰졌을 땐 전과는 다른 공간이었다.

"여기 던전 맞아?"

성민우가 그런 말을 하는 것도 무리는 아니었다. 정말 던전 같지가 않았다. 바닥에는 잔디가 깔려있고 마치 초원처럼 드넓었다.

"왜 이렇게 넓어?"

"흐음."

게다가 바람까지 불어왔다.

마법 문양에, 초원…….

무혁은 단번에 이곳에서 등장할 몬스터의 정체를 깨달았다. 마법 몬스터!

그 예상은 정확하게 들어맞았다. 얼마 지나지 않아 지팡이를 지닌 인간형 몬스터 귀마가 나타났으니까.

놈은 저 먼 곳에 자리를 잡은 채 다가오는 무혁과 성민우를 바라보며 마법 공격을 준비했다. 귀마의 위쪽 하늘이 일렁거리는 것만 봐도 알 수 있었다.

무혁은 서둘러 시위에 화살을 걸었다.

강력한 활쏘기.

허공을 가른 화살이 마법을 준비하고 있는 귀마를 스치고 지나갔다.

이런.

다급히 다음 스킬을 사용했다.

죽은 자의 축복.

그제야 귀마의 스킬이 취소되었다.

키아아아악!

하지만 그게 놈을 더 화나게 만들었는지, 더욱더 강력한 변화가 일어났다. 바람이 거세지더니 귀마를 휘감았다.

성민우가 정령을 보내봤지만 거친 바람으로 인해 가까이 다가갈 수가 없었다.

"메이지 소환."

어쩔 수 없이 상쇄시키는 방법을 택했다.

메이지 마법 준비.

다섯 마리의 메이지가 마법을 준비했다.

약 3초가 지났을 무렵.

귀마가 손을 휘저었고 거기서 시작된 바람의 칼날이 무혁과 성민우를 향했다.

악마의 손처럼 흔들리는 바람의 형상이 선명하게 보였다.

메이지 공격!

귀마의 마법을 향해 메이지 다섯 마리의 마법이 펼쳐졌다.

두 개의 마법이 중앙에서 만난 순간.

……!

거대한 폭발로 인해 귀가 먹먹해졌다. 순간적으로 아무것도 들리지 않았지만, 무혁은 그래도 움직였다.

윈드 스텝.

지금이 아니면 기회를 잡기가 어려울 것이기 때문이었다.

활을 인벤토리에 넣고 검과 방패를 꺼냈다.

파밧.

폭발의 중심을 크게 돌아 다음 마법을 준비하고 있는 귀마에게 다가갔다. 윈드 스텝 덕분에 엄청난 속도로 거리를 좁힐 수 있었지만 이번에 준비한 귀마의 마법은 시전 시간이 상당히 짧았다.

화아악.

갑자기 생겨난 불꽃이 시야를 가렸다.

흡!

방패로 전신을 보호하면서 몸을 틀었다.

균형을 잃고 넘어졌지만 그래도 마법 공격에 타격을 입진 않았기에 곧바로 몸을 일으킨 후 다시 지면을 찼다.

놈과의 거리가 어느새 지척이었다. 귀마는 벌써 다음 마법을 준비하고 있었지만, 무혁은 직감했다.

'내가 먼저다!'

검을 늘어뜨린 후 놈을 베고 지나갔다.

스윽.

순간 무혁의 미간이 찌푸려졌다.

뭐지?

검에 닿는 감촉이 느껴지지 않았다.

다급히 고개를 돌렸지만 귀마가 보이지 않았다.

어디로 간 거야?

방향을 틀어 다시 정면을 바라본 순간 무혁은 자신의 얼굴을 노리는 귀마를 발견할 수 있었다. 급하게 몸을 움직였지만 완전히 피할 수는 없었다.

콰아앙!

가슴에서 둔중한 타격이 느껴졌다. 뒤이어 미미한 고통이 올라왔다.

[820의 대미지를 입습니다.]

말도 안 되는 공격력이었다. 무혁의 마법 방어력이 조금 낮다고는 하지만 그래도 너무 큰 대미지였다. 처음의 그 마법처럼 긴 시간을 들인 것도 아니었다. 그런데도 800이 넘는 대미지를 입고 말았다.

할 말을 잃었으나 그냥 멍하니 있을 순 없었다. 일단 착지부터 해야 하는 상황이었다.

먼저 중심을 뒤로하며 한 바퀴를 허공에서 돌았다. 그런 다음 바닥을 내려다보며 타이밍에 맞춰 다리를 뻗었다. 몸을 앞으로 숙여 뒤로 넘어지지 않게 중심을 잡았다.

츠츠츠츠.

바닥을 조금 쓸고서야 바로 설 수 있었다.

"후우."

그러는 동안 귀마와의 거리가 멀어졌다.

젠장…….

상황이 힘들어지겠다는 생각이 들 즈음.

"흐아아압!"

귀마의 뒤쪽에서 독특한 함성과 함께 성민우가 나타났다. 언제 저기까지 간 건지 알 수는 없으나 이건 기회였다.

"스텔레톤 전사 소환."

강화뼈와 검뼈에게 돌진을 명령했다. 무혁 역시 빠르게 달려나갔다. 성민우와 정령들이 귀마를 괴롭혔다.

"이 자식이……!"

귀마는 마법 몬스터 주제에 이리저리 잘도 피했다. 하지만 네 마리 정령의 연계는 생각보다 뛰어났다. 성민우까지 전력을 다하니 마법 몬스터의 신체 능력으로는 역시 한계가 있었다. 덕분에 틈을 발견한 성민우는 귀마의 등을 노리며 다리를 휘둘렀다.

저건 못 피해.

멀리서 달려가던 무혁조차 그렇게 확신하는 순간, 놈이 사라졌다.

아……!

몬스터는 블링크를 사용했던 것이다. 블링크 마법을 사용하는 몬스터를 만나는 건 쉽지가 않다. 유저도 쉽게 배울 수 없는 마법인데 몬스터라고 다를까.

그런 만큼 블링크를 사용하는 몬스터나 유저를 처음 상대하게 되면 곤혹스러움을 감출 수가 없다. 생각이 없는 유저라면 멍청하게 나타난 곳으로 돌진만 하다가 죽을 것이고, 생각이 좀 있는 유저라면 블링크의 거리를 계산해서 그곳에 미리 아군을 배치할 것이다.

귀마가 나타날 만한 모든 곳이 강화뼈와 검뼈들을 퍼뜨렸다. 인력의 낭비라고 볼 수도 있겠지만, 무혁은 그 낭비를 감당할 스켈레톤들이 있었다.

강화뼈1, 대기. 검뼈11, 뒤로 이동 후 오른쪽에서 대기.

강화뼈2, 대기. 검뼈4, 왼쪽으로 이동 후 대기.

일반적으로 블링크의 이동 가능 거리는 15미터 정도. 그래서 놈을 중심으로 15미터 거리 안쪽에 촘촘하게 소환수를 배치했다. 무혁도 적당한 곳에 자리를 잡고 기다리고 있는데 갑자기 메시지가 떠올랐다.

[스켈레톤 전사 소환 스킬의 레벨이 상승합니다.]
[스켈레톤 아처 소환 스킬의 레벨이 상승합니다.]

두 개의 스킬이 동시에 성장한 것이다.

[스켈레톤 전사 소환 8Lv(0%)]
검에 소질이 있는 스켈레톤 16마리를 소환할 수 있다. 기술의

레벨이 높아질수록 소환 가능한 숫자와 10초당 소모되는 MP가 증가한다.

-10초마다 소모되는 MP : 개체당 3

[스켈레톤 아처 소환 8Lv(0%)]

활에 소질이 있는 스켈레톤 8마리를 소환할 수 있다. 기술의 레벨이 높아질수록 소환 가능한 숫자와 10초당 소모되는 MP가 증가한다.

-10초마다 소모되는 MP : 개체당 3

메이지까지 총 29마리를 소환할 수 있게 되었다. 하지만 문제는 MP의 회복력이 너무나도 부족하다는 것이었다. 그 탓에 현재로서는 서너 마리의 검뼈를 역소환시켜 MP가 떨어지는 걸 방지할 수밖에 없었다.

결국, 스킬의 레벨이 올라도 의미가 없다는 소리였다. 이 상황을 이겨내기 위해서는 한 가지 방법밖에 없었다.

그로이언 세트 아이템. 그것을 찾아야만 했다.

얍베 산맥에 있다는 건 알고 있다. 그곳 몬스터들의 레벨은 60에서 80 사이다. 안전하게 사냥을 하면서 유품을 얻어낼 수 있는 장소를 찾기 위해서는 성민우와 함께하더라도 최소 70레벨은 되어야 한다고 생각했다.

현재 무혁의 레벨이 69. 목표까지 겨우 1레벨만을 남겨둔 상태였다. 던전을 클리어한 후에 곧바로 찾아보면 될 것 같았다.

물론 지금은 던전 클리어에 집중할 때였다.

"이 자식이!"

귀마를 쫓아간 성민우와 정령들이 다시 격돌했다.

콰과광!

전투가 잠시 이어진 후 귀마가 다시 블링크를 사용했다. 시야 확보 스킬을 통해 놈의 위치를 곧바로 파악할 수 있었다.

우측 강화뼈2가 위치한 곳이었다.

강화뼈2, 공격!

나머지 검뼈는 귀마를 기준으로 15미터 거리를 포위하도록 명령했다. 만약을 위해서였다.

"스켈레톤 아처 소환."

아처를 소환해 연사를 명령했다.

팡! 파방!

스켈레톤들의 배치를 마친 무혁은 지면을 차면서 윈드 스텝을 사용했다.

[MP(50)가 소모됩니다.]

이번에 블링크를 사용했으니 다시 사용하기까지 꽤 시간이 걸릴 것이다. 그 안에 승부를 볼 작정이었다.

검뼈와 활뼈의 소환에 윈드 스텝까지 사용하니 MP가 무섭게 줄어들었다. 만약을 대비해서 인벤토리에서 MP 포션을 꺼냈다. 포션을 들이켜자 MP가 차올랐다.

[MP(200)를 회복합니다.]

인벤토리를 닫고 놈에게 달려가기 시작했다.

파밧.

거리가 멀지 않아 순식간에 도착했다.

카가강!

검을 휘두르기 직전, 먼저 도달한 뼈 화살이 투명한 막에 막혀 떨어졌다.

'음? 실드?'

무혁은 귀마를 검으로 그으며 지나쳤다. 카강 하는 소리와 함께 무거운 느낌이 손목을 타고 올라왔다.

예상대로 실드가 놈을 보호하고 있었다. 하지만 실망하지 않고 곧바로 몸을 틀어 놈에게로 나아갔다.

안 되면 될 때까지.

혹시 모를 마법 공격에 대비해 좌우로 움직였다.

거리를 좁힌 후.

휘익.

검을 빠르게 휘둘렀다.

카가가강!

불꽃이 일렁거렸고 강한 반동에 잠시 몸이 비틀거렸다.

흐읍……!

달려가던 힘을 더해 귀마를 공격한 다음 그 반동을 이용해 거리를 벌린 후 반원을 그리듯이 움직여 자세를 바로 했다.

활뼈, 전원 연사.

활뼈에게 명령하면서 상황을 지켜봤다.

카강!

뼈 화살 몇 대가 막에 부딪혔다. 그런데 크게 곡선을 그리며 떨어진 한 대의 뼈 화살은 어떤 방해도 없이 귀마의 머리를 스치며 아래로 떨어졌다.

무혁의 눈이 빛났다.

위쪽이 비었어!

놈에게 다시 다가가며 거리가 가까워지자 땅을 박차고 뛰어올랐다.

파앗.

놈의 머리 위로 뛰어올라 검을 아래로 강하게 내리그었다.

베었어!

이번엔 느낌이 제대로 왔다. 무혁의 예상대로 위쪽은 실드의 영향을 받고 있지 않았다. 귀마의 얼굴에 긴 상처가 생겨났다.

마침 근처에 있던 강화뼈2의 검이 귀마의 가슴을 찔렀다. 무혁의 공격으로 상당한 타격을 입은 귀마가 실드 마법을 풀어 버린 덕분에 가능한 일이었다.

무혁은 윈드 스텝을 해제하고 인벤토리를 열어 무기를 검에서 활로 바꿨다. 환각의 독을 꺼내 화살에 바른 후 활의 시위에 걸었다.

강력한 활쏘기.

쏘아진 화살이 귀마의 어깨에 꽂혔다.

좋았어.

몽롱해진 시선의 귀마. 놈은 환상에 사로잡힌 탓에 손을 허우적거렸다. 앞으로 10퍼센트의 HP가 빠질 때까진 환상이 풀리지 않으리라.

전원 대기.

성민우가 도착했다.

"환각의 독이야?"

"어, 모여서 단번에 끝내자. 마법사니까 HP는 그리 높지 않을 거야."

"오케이."

스켈레톤과 정령, 무혁과 성민우 전원이 귀마를 둘러쌌다.

"일단 10퍼센트 빠질 때까진 환각이 안 깨지니까 조금 때려놓자."

"알았어."

성민우와 무혁이 먼저 귀마를 공격했다.

퍽, 퍼버벅.

물론 둔화의 독과 출혈의 눈물, 약화의 마비도 사용했다. 둘이서 어느정도 피해를 준 후 소환수에게 명령했다.

"전원 공격!"

활뼈의 뼈 화살이 첫 번째 공격이었다.

팡! 파방!

곧바로 검뼈와 무혁이 검을 휘둘렀고 성민우가 다가와 각종 스킬을 사용했다. 더불어 정령 네 마리가 각자의 특색이 깃든 마법을 뿌려댔다.

메이지는 MP를 위해 역소환을 시킨 상태라 다시 재소환하기까진 시간이 남아 있었다.

'아쉽지만 충분해. 어차피 놈은 마법사다.'

서걱, 서걱.

무혁의 검이 놈의 신체에 닿을 때마다 떠오르는 대미지 메시지만 봐도 방어력이 낮다는 건 확실하게 알 수 있었다.

키, 키아아아악!

순식간에 환각에서 깨어난 것을 보면 HP도 높지 않았다.

확실해. 블링크를 사용하기 전에 죽여야 한다.

다시 검을 내질렀다. 이번엔 손맛이 제대로 느껴졌다.

[크리티컬이 터집니다.]

[446의 대미지를 입힙니다.]

그 순간 귀마가 손바닥을 펼쳤다.

후우우웅.

강력한 바람이 주변에 있던 스켈레톤과 정령은 물론이고 무혁과 성민우까지 밀어버렸다.

아마 이 틈을 이용해 블링크를 시전하려는 속셈이리라. 그렇게 둘 순 없었다.

활뼈, 공격!

귀마가 블링크를 사용하기 전 뼈 화살이 먼저 놈을 타격했다.

키아악!

덕분에 블링크가 취소되었다.

지금!

놈에게 접근한 무혁이 다시 공격을 퍼부었다.

[경험치가 상승합니다.]

확실히 마법사라 그런지 죽이는 건 금방이었다. 바닥에 쓰러진 채 회색으로 물들며 사라지는 귀마가 눈에 들어왔다.

이 녀석은 되려나?

혹시나 하는 마음으로 사체 분해를 시도했다.

[사체 분해를 시작합니다.]

[진행도······]

[사체 분해를 종료합니다.]

[귀마의 뼈(×1)를 획득합니다.]

검귀나 방극과는 달리 귀마는 사체 분해가 통했다.

그리고 보석도 남겼다.

"대박인데?"

무혁에겐 정말 최고의 작업장이라 할 수 있었다.

[마법 공격력의 붉은 보석]

마법 공격력(0.1)을 영구적으로 상승시킨다.

경험치와 보석 그리고.

[귀마의 뼈]

특성 : 지식, 지혜.

메이지를 성장시킬 수 있는 뼈까지 얻을 수 있었으니까.

제2장
운동하는 남자

귀마와의 전투를 꽤 많이 치렀다. 처음의 전투에서 귀마의 체력과 방어력을 대략적으로 파악했고, 또 블링크를 사용한다는 사실을 알게 된 이상 놈을 상대하는 건 그리 어렵지 않았다.

"방극보다 더 편한데?"

방극은 30분을 넘게 때려야 한 마리를 잡을 수 있었다. 하지만 귀마는 5분, 길어야 10분이면 처리할 수 있었다. 사냥 속도도 빨랐고 초원이라 시야가 탁 트여 전과 같은 답답함도 없었다. 정말 최적의 환경이었다.

"크, 바람도 좋고."

"하늘도 푸르네."

원래는 귀마를 위한 맵이었지만 오히려 두 사람이 더 즐기고 있었다.

"어, 두 마리?"

이번엔 두 마리의 귀마가 나타났다.

한 마리와는 분명 다르다. 앞서 몇 번 전투를 해봤기에 알고 있었다. 방심은 금물, 긴장감을 끌어올리며 좌우로 나뉘었다.

"한 마리씩 맡자."

"그래, 먼저 처리하면 도와주고."

고개를 끄덕인 후 오른쪽에 위치한 귀마를 바라보는 순간이었다.

후우우웅.

두 마리 귀마가 동시에 마법을 사용했다. 한 마리는 폭풍을, 한 마리는 화염을. 그러자 두 가지 뒤섞이며 화염 폭풍이 생성되었다.

흐읍!

서둘러 메이지에게 마법을 명령했다. 문제는 시전 시간이었다.

다행히 정령 네 마리가 먼저 마법을 쏟아부어 화염 폭풍과 힘겨루기를 시작했다. 정령의 마법이 점점 밀리기 시작했지만, 다행히 완전히 밀리기 전 다섯 마리의 메이지가 마법을 시전할 수 있었다. 그제야 화염 폭풍과 평수를 이루며 대등한 모습을 보였다. 그리기를 잠시, 결국 허공에서 폭발하면서 강력한 후폭풍을 몰고 왔다.

"메이지 역소환."

MP의 소모를 막기 위해 메이지를 역소환한 무혁이 상체를 숙였다.

후와아아앙!

강력한 바람을 버텨내며 앞으로 힘겹게 귀마에게 다가갔다.

강화뼈1, 2 돌진! 활뼈 전원, 연사.

검뼈 전원 앞으로! 검뼈3, 5 대기.

강화뼈 두 마리는 귀마를 견제하기 위해서 이동했고 활뼈는 꾸준히 뼈 화살을 날렸다.

남은 검뼈 14마리는 귀마가 블링크할 수 있는 장소에 미리 자리를 잡았다. 놈을 중심으로 15미터를 포위하는 데 성공한 것이다.

포위에 성공한 무혁은 인벤토리에서 꺼낸 검에 환각의 독을 발랐다.

['환각의 독'이 적용됩니다.]

준비를 마친 무혁은 윈드 스텝을 사용했다. 후폭풍도 무혁을 막을 순 없었다. 어느새 귀마의 지척에 도착한 무혁은 허공으로 점프하여 실드의 영향력이 닿지 않는 정수리를 노렸다.

서걱.

상처를 입은 귀마가 환상에 빠진 채 허우적거렸다.

때마침 후폭풍도 끝났다.

연사로 놈을 공격하자 뼈 화살이 놈의 신체 곳곳에 박혔다.

HP가 꽤 빠졌으리라.

그 상태에서 둔화의 독과 출혈의 눈물, 약화와 마비를 모두 사용했다. 독과 출혈까지 중첩되어 HP가 쉼 없이 줄어들고 있을 것이다.

키, 키아아아악!

조금 기다리니 놈의 환각이 풀렸다.

전원 공격.

명령과 함께 검을 무차별적으로 휘둘렀다. 공격 몇 번이 제대로 들어갔다.

[224의 대미지를 입힙니다.]

[223의 대미지를 입힙니다.]

[225의 대미지를 입힙니다.]

[크리티컬이 터집니다.]

[450의 대미지를 입힙니다.]

짧은 시간 무혁이 준 대미지만 천이 넘었다.

푸욱, 푹.

뼈 화살도 계속 꽂혔고 강화뼈의 검도 곳곳에 박혔다.

그 순간이었다. 귀마가 손을 뻗자 바람이 불었다.

"흐읍!"

앞서 전투를 치른 다른 귀마와 똑같은 패턴이었다. 하지만 이 스킬은 대처할 방법이 없었다. 방패로 막아도, 상체를 숙이면서 버텨도 뒤로 날아갈 수밖에 없는 강풍이었으니까.

기대할 수 있는 건 아처의 뼈 화살뿐이었다. 하지만 그것도 매번 성공하는 건 아니었다.

이번에는 안타깝게도 실패했다. 뼈 화살이 도착하기 직전, 놈이 블링크를 사용하여 포위망을 벗어난 것이다.

스팟.

나타난 곳은 검뼈7과 8의 사이였다.

검뼈7 위쪽으로, 검뼈8 아래쪽으로.

검뼈7, 8 돌진!

두 마리 검뼈가 귀마에게 다가갔다. 하지만 이미 귀마는 실드를 펼친 상태였다.

카강!

공격이 무의미했다.

"하아."

귀찮아지겠다는 생각을 하며 윈드 스텝을 사용하려는 순간.

[경험치가 상승합니다.]

상대하던 귀마가 갑자기 쓰러졌다.

"아……"

출혈과 독으로 인한 지속적인 대미지가 놈을 죽음으로 내
몬 것이다. 운이 좋은 것은 좋은 것이고 해야 할 일은 해야만
했다. 무혁은 서둘러 놈에게 다가가 스킬을 사용했다.

[사체 분해를 시작합니다.]

[진행도……]

[사체 분해를 종료합니다.]

[귀마의 뼈(×1)를 획득합니다.]

귀마의 뼈를 인벤토리에 넣고 고전하는 성민우에게 다가갔다.

"힘드냐?"

"끝났어?"

"어."

"도와줘!"

무혁은 잠시 구경했다.

흐음, 잘 싸우네.

성민우와 정령과의 연계가 너무 좋았다. 정령들의 특성도
뛰어났고, 하지만 네 마리라는 한계는 어쩔 수가 없었다.

"도와달라고!"

"아, 그래."

무혁은 상념을 지우며 스켈레톤들에게 명령을 내렸다. 그제
야 긴 숨을 내뱉으며 무혁의 옆으로 다가오는 성민우였다.

"후아, 죽겠다."

"근데 왜 왔어?"

"좀 쉬게."

"잡고 쉬어."

무혁이 성민우의 등을 밀었다.

"아, 놔!"

투덜거리면서도 별수 없다는 듯 귀마에게로 나아갔다. 무혁 역시 스켈레톤을 지휘하면서 천천히 거리를 좁혀 나갔다.

블링크로 이동이 가능한 거리에 검뼈를 배치한 후 기회를 본다.

지금까지의 전투와 동일한 방법을 사용하여 결국 남은 귀마까지 사냥을 마치고 두 사람은 보석을 나눠 가졌다.

[마법 공격력(0.1)이 상승합니다.]

이후 무혁은 메이지를 소환하여 신체를 이루는 뼈 하나를 뽑았다.

[메이지1의 지식(0.14)이 하락합니다.]

고개를 갸웃거리는 메이지다.

키리릭.

예전, 다른 스켈레톤들의 지혜가 10이 되지 않을 때는 이런 반응도 없었다. 지금은 그래도 지혜가 10이 넘다 보니 이 정도라도 반응을 하는 것이다.

"걱정 마, 좋게 해주는 거니까."

손에 들린 귀마의 뼈를 빈자리에 꽂았다.

[메이지1의 지식(0.26)이 상승합니다.]
[메이지1의 지혜(0.16)가 상승합니다.]

무혁의 눈이 커졌다.

'오, 두 가지나.'

뼈가 지닌 특성이 두 개인 동시에 소환수의 스탯이 몬스터의 뼈가 지닌 스탯보다 현저하게 떨어질 경우 낮은 확률로 두 개의 스탯이 상승한다.

무혁은 이번에는 허벅지 뼈를 뽑았다.

[메이지1의 지혜(0.14)가 하락합니다.]

그리고 귀마의 뼈를 꽂았다.

[메이지1의 지식(0.26)이 상승합니다.]

그렇게 두 번을 더 반복하자 메이지1의 지식이 올랐다. 이어서 메이지2의 지식을 한 개 올리니 귀마의 뼈는 모두 사라졌다. 나머지는 다음을 노릴 수밖에.

모든 스켈레톤을 역소환했다.

"좀 쉬자."

"난 진작 쉬고 있었어."

"그러냐."

그러고 보니 주위가 꽤 시끄러웠다.

타앙!

무구를 제작하고 있는 성민우의 망치질 소리가 울린 탓이다.

"어, 나 집중!"

무혁도 1회용 제작 도구를 꺼냈다.

이번에는 뭐가 좋으려나.

잠시 고민하다가 결정을 내렸다.

창으로 하자.

철광석을 내려놓은 후 망치로 두드렸다.

카앙!

단번에 철광석이 쭈욱 늘어났다.

[결을 맞혔습니다.]

[진행도(4.2퍼센트)가 상승합니다.]

열 번을 두드리니 벌써 진행도가 50퍼센트를 넘어섰다.

다시 몇 번을 더 두드리자.

[결을 정확하게 맞혔습니다.]

[진행도가 2배로 적용됩니다.]

[진행도(8.3퍼센트)가 상승합니다.]

[7연속으로 결을 맞혔습니다.]

[보너스 진행도(0.6퍼센트)가 상승합니다.]

오랜만에 진행도가 2배로 적용되었다.

타앙!

집중한 상태로 다섯 번을 더 두드리니 무기가 완성되었다. 그 작았던 철광석이 마법처럼 늘어나 휘황찬란한 창이 되어버린 것이다.

[귀창]

공격력 97

힘 +3

관통력 증가

내구도 180/180

사용 제한 : 힘 40, 체력 30

오랜만에 제대로 된 무기가 떴다.

허어, 관통력 증가?

창은 찌르기 위한 무기라고 보면 된다. 창대로 막아내고 가격할 수도 있지만 찌르는 것에 특화된 게 사실이다.

그런 무기에 가장 좋은 옵션은 바로 관통력 증가다. 단단하고 질긴 가죽을 지닌 몬스터는 힘만 높다고 해서 뚫을 수 있는 게 아니다. 두꺼운 가죽이나 비늘을 뚫고 들어갈 수 있게 하는 능력이 바로 관통력이다.

상세 정보에는 나타나지 않지만 결코 무시할 수 없는 옵션인 것이다. 마치 크리티컬처럼.

'제대로 떴네, 옵션이.'

사용 제한은 무식했지만 60레벨 중반이 넘은 유저라면 다른 부위의 아이템으로 충분히 커버할 수 있는 수준이었다.

"창이네?"

"아, 어."

"뭐야, 표정이 왜 그래?"

"오랜만에 괜찮은 게 떠서."

"그래? 나도 좀 보자."

"여기."

귀창을 건네자 옵션을 확인한 성민우가 기겁했다.

"흐읍, 미쳤네!"

"괜찮지?"

"어, 근데 관통력은 뭐냐?"

"더 쉽게 꿰뚫을 수 있는 힘."

"창인데 관통력이면……."

말하지 않아도 대박이었다.

"와, 부럽다!"

"넌?"

성민우가 희미하게 웃었다.

"사실 나도 괜찮은 거 나왔어. 물론 귀창한테는 좀 많이 딸린다만."

무혁도 성민우가 만든 무기, 대검을 확인했다. 사용 제한도 무난하고 공격력과 추가 옵션이 꽤 좋았다.

"괜찮네."

"그치?"

둘은 웃으며 그 자리에서 바로 경매장에 무기를 올렸다.

시작 가격은 100골드, 판매 기간은 72시간으로 설정했다. 장난삼아 입찰하는 이들을 최소로 하기 위해서 시작 가격을 높였다.

이후 경매장 시스템을 끄고 몸을 일으켰다.

"가자."

멀리 가지 않아 귀마 한 마리를 발견할 수 있었다.

잠에서 깬 무혁은 습관적으로 휴대폰을 확인했다. 문자가 꽤 들어와 있었다. 몇 개는 스팸이었고 하나는 어머니가 보낸 안부 문자였다. 또 다른 하나는 돈의 입금 내역이었다.

[Web 발신]

농협 입금 12,212,343원

12/17 08:55 356-×××-84××-××

일루전의 세계

잔액 27,126,287원

자금을 꽤 남긴 덕분에 잔액이 2천이 넘었다.

꽤 들어왔네?

11월 말, 붉은 탑이 사라지면서 자유 게시판이나 정보 게시판 순위에 있던 무혁의 글은 이미 순위권에서 내려간 지 오래였다. 그럼에도 불구하고 11월 조회 수에 따른 금액이 1,200만 원이 넘었다. 20일 정도 되는 기간의 조회 수가 그 정도로 높았다는 소리였다.

아주 뽕을 뽑았네.

돈을 보니 정신이 들었다.

"으차."

몸을 일으켜 세수한 후 헬스장으로 향했다. 입구로 들어서니 달라붙는 옷을 입은 여성 트레이너가 무혁을 반겼다.

"오셨어요."

"아, 네."

"오늘은 날씨가 좀 우중충하네요."

1:1 교습이 아니었기에 처음엔 신경도 쓰지 않았었다. 그냥 아는 기구 몇 가지만 이용해서 운동하곤 했고 절반이 넘는 시간을 러닝머신으로 때웠으니까.

그러다 홀로 꾸준히 운동하는 무혁을 눈여겨본 걸까. 여성 트레이너가 때때로 다가와 기구에 대해 알려주거나 운동법에 대한 코치를 해줬다. 덕분에 이젠 안부 정도는 묻는 사이가 되었다.

"그러게요. 비가 올 것 같은데……."

"맞아요. 점심시간에 조금 온다고 하던데요."

"아, 진짜요?"

"우산 안 챙겨오셨어요?"

무혁이 허탈하게 웃었다.

"네, 못 챙겼네요."

"빌려드릴까요?"

"트레이너님은요?"

"괜찮아요. 퇴근할 때는 그치겠죠."

"으음, 그래도……."

무혁은 몇 번 사양하다가 고맙게 받아들였다.

"내일 꼭 가져다 드릴게요."

"그럼요. 자, 이제 운동하셔야죠."

"네."

무혁은 탈의실에서 트레이닝복으로 갈아입고 운동을 시작했다. 러닝머신 10분, 가벼운 준비운동 이후 기구를 이용한 근력 운동 50분, 마지막으로 러닝머신 30분을 달린 후 굳은 몸을 풀어주는 것으로 운동을 마무리했다.

운동을 마치자 후드득하는 소리가 들려왔다.

어, 진짜 오네.

무혁이 샤워를 마치고 옷을 갈아입고 나오지 트레이너가 이미 우산을 준비해 놓은 상태였다.

"아, 고마워요."

"뭘요, 그럼 내일 봐요."

"네, 트레이너님도 고생하세요."

헬스장에서 나와 우산을 쓰고 길을 걸었다.

후드득.

빗방울이 우산을 때리는 소리가 참 듣기 좋았다. 무혁은 근처 식당에서 늦은 아침을 먹고 곧바로 집으로 돌아가 일루전에 접속했다.

하지만 성민우의 모습은 보이지 않았다.

아직도 자나?

기다리기가 지루해져 로그아웃을 한 후 그에게 전화를 걸었다. 신호음이 한참이나 울리고서야 익숙한 목소리가 들려왔다.

-어, 왔냐?

"뭐 해?"

-씻었어. 이제 접속할 거야.

"아, 그래. 먼저 들어가 있을게."

-오케이.

전화를 끊고 다시 캡슐에 누웠다.

[새로운 세상에 오신 것을……]

익숙한 기계음을 뒤로하며 눈을 떴다.

"후아."

드넓은 초원과 맑은 하늘을 잠시 바라보던 무혁은 문득 생각난 것을 확인하기 위해 경매장 시스템을 오픈했다.

15분.

72시간이 참으로 쏜살같다고 느끼며 줄어드는 시간을 두 눈에 담았다.

같은 시각, 가디언 길드에 속한 창을 쓰는 사내.

그는 많은 몬스터를 사냥하고 또 경험하면서 창으로 몬스터의 가죽을 꿰뚫을 수 있느냐 없느냐의 차이가 사냥에 얼마나 큰 영향을 주는지 확실하게 깨달았다.

그리고 그 가죽을 꿰뚫는 데 영향을 주는 능력이 관통이라는 사실도 알게 되었다. 그래서 경매장을 살펴볼 때마다 관통 옵션을 위주로 살폈다.

하지만 관통 옵션이 붙은 아이템을 발견했다 싶으면 대미지가 너무 낮다거나, 혹은 즉시 구매라 사려는 순간 팔린다거나, 경매일 경우라도 1초를 남기고 낙찰을 받지 못한다거나 하는 여러 가지 문제로 인해서 아직 한 번도 관통 옵션이 달린 무기를 구해본 적이 없었다.

물론 동료에게 잠깐 빌려 사용해 본 적은 있었다. 그때의 손맛이 얼마나 짜릿하던지 잊을 수가 없었다. 그래서 관통옵션 무기에 더 집착하게 되었는데 그 집착이 드디어 결실을 볼 순간이 찾아왔다.

"귀창……!"

남은 시간 12분.

그는 이번에 반드시 낙찰받을 작정이었다.

무려 가디언 길드 소속이었지만 아직 촉망받는 실력자는 아니다.

저 귀창만 내 손에 들어오면 길드에서의 입지가 달라지리라.

지금도 충분했다.

1초가 남았을 때 입찰해야지. 반드시 산다. 반드시!

사실 관통력 옵션을 감안하더라도 450골드 정도면 충분했지만 만약을 위해서, 혹시 모를 사태를 방지하기 위해서 700

골드에 입찰할 작정이었다.

이제 시간이 오길 기다리면 된다. 다른 시스템을 켜서 알람까지 설정했다.

좋아, 완벽해.

시간이 흐른다. 5분, 그리고 다시 5분.

알람이 울렸다.

다른 일을 하고 있던 그가 경매장 시스템을 열었다.

[아이템 '귀창'에 입찰을 하시겠습니까?]
[Yes/No]

예스를 선택했다.

[금액을 정해주십시오.]

금액은 700골드로 기입한 다음 잠시 멈췄다. 설정을 완료하면 입찰이 시도되기 때문이다.

1분 남았어.

현재 가격이 220골드였다.

30초가 흐르고, 250골드.

10초가 남았을 땐 300골드까지 치솟았다.

320골드, 335골드, 355골드……

생각보다 가격이 높게 치솟았다.

마지막 3초.

벌써 420골드라고?

2초…….

순간 고민이 되었다.

가격을 더 높여야 하는 건 아닐까? 700골드로 될까?

그러는 순간에도 1초가 흘렀다.

아, 이런……!

시간이 없었다.

어쩔 수 없어.

금액 설정을 마쳤다.

[700골드로 입찰을 시도합니다.]

입찰 시도가 완료되었다.

그래, 충분해. 무려 700골드잖아.

그러면서도 속으로 빌었다.

제발, 제발…….

이제 낙찰이 되었다는 문구만 뜨면 되건만 애석하게도 메시지는 한참의 시간이 흘러도 떠오르지 않았다.

성민우가 도착했으나 둘은 아직 사냥에 나서지 않았다.

"5분만 있다가 가지, 뭐."

"그래."

조금만 있으면 3일 전 경매장에 올린 아이템이 판매되기 때문이다. 그 금액을 먼저 확인하고 싶은 마음이 컸다.

성민우와 이런저런 이야기로 수다를 떨다 보니 시간이 금세 흘렀다. 메시지가 떠오르고서야 판매가 되었음을 깨달았으니까.

['귀창'이 780골드에 낙찰되었습니다.]

[수수료를 제외한 702골드…….]

780골드에 낙찰되었다. 확실히 아이템에 붙은 옵션이 희귀할수록 경쟁이 심하게 붙어서 시세보다 높은 가격에 팔리곤 했다. 귀창도 그와 비슷한 맥락이었다.

"오우, 예!"

옆에서 성민우의 환호가 들렸다.

고개를 돌리자.

"아, 나 200골드 들어왔어!"

"잘 팔렸네."

"너는?"

"아, 난 700골드."

"허업! 한 방에 터졌네."

"이게 제작의 맛이지."

성민우와 무혁, 두 사람 모두 만족했다.

"그럼 가 볼까?"

"좋지!"

성민우의 입장에서도 200골드가 적은 돈이 아니었고, 또 무혁의 경우에는 정말 오랜만에 괜찮은 무기가 뜬 것이기 때문에 질투할 이유도 없었다. 게다가 최근 2주 동안 무혁보단 성민우가 제작으로 번 돈이 더 많았다. 물론 오늘 그 격차가 뒤집혔지만 말이다. 아무튼, 멀리 가지 않아 귀마 한 마리를 발견할 수 있었다.

"저기 있네."

"스켈레톤 소환."

놈과의 사투가 벌어지고.

콰과과광!

어렵지 않게 귀마를 처치했지만, 보석은 없었다.

"아우, 없네."

성민우는 실망스러워했지만, 무혁의 입장에선 크게 상관없는 일이었다.

[메이지4의 지식(0.24)이 하락합니다.]

[메이지4의 지식(0.36)이 상승합니다.]

귀마의 뼈로 메이지를 좀 더 강화시킬 수 있었으니까.

"크, 그건 진짜 부럽다."

"뼈 조립?"

"어, 나도 정령 강화시키고 싶은데 방법이 없으려나."

정령도 물론 강화시킬 수 있다. 문제는 잡아야 할 몬스터의 수준이 너무 높다는 것.

레벨 100은 되어야겠지.

정령사의 경우 어둠의 숲에 서식하는 하급 어둠의 정령을 사냥하면 소환수인 정령이 어둠의 정령이 가지고 있는 기운을 흡수하게 된다. 그때마다 스탯이 랜덤으로 0.1씩 상승한다. 물론 모든 스탯은 10까지만 상승시킬 수 있다.

이후 200레벨이 되어 잔혹한 숲에 사는 중급 어둠의 정령을 사냥하면 또 거기서 스탯을 15 상승시킬 수 있다.

"방법이 있겠지."

"그렇겠지?"

"그럼."

물론 지금은 알려줄 수가 없었다.

"다시 가자."

조금 후에 귀마 한 마리를 처치했고 녀석은 보석을 남겼다.

"오, 떴다!"

다음에는 귀마가 두 마리 나왔고, 한 마리는 보석을 남겼지만 다른 한 마리는 남기지 않았다. 하나라도 나온 덕분에 두 사람은 보석을 흡수할 수 있었다.

[마법 공격력(0.1)이 상승합니다.]

이로써 마법 공격력이 4.9 올랐다. 한 번만 더 흡수하게 되면 마공이 총 5만큼 증가하게 되는 것이다.

"5까지만 오르겠지?"

"아마도."

물리 공격력은 3, 물리 방어력과 마법 방어력은 각 5씩.

마지막 마법 공격력.

언뜻 작은 수치라고 여길 수도 있지만 이런 수치들이 쌓여 나중에는 큰 힘이 된다. 그런 만큼 절대 무시할 수 없었다.

"일단 5까지만 올려보자."

다시 걸음을 옮겼다.

저벅.

나타난 귀마 두 마리.

"스켈레톤 소환."

한 마리씩 맡아 상대했다. 소환수가 많은 무혁이 먼저 귀마를 처리했고, 사체 분해를 실시한 후에 접전을 펼치고 있는 성민우를 도왔다.

"후아, 보석은?"

"둘 다 나왔어."

"좋았어!"

보석을 나눠가진 후 깨뜨렸다.

[마법 공격력(0.1)이 상승합니다.]

이로써 마공이 5만큼 상승했다.
"이제 더 안 오르겠지?"
"모르지."
휴식을 취한 후 확인 작업을 이어가기로 했다.

귀마가 떨어뜨린 보석을 무혁이 손에 쥐고서 깨뜨렸다.

[더는 힘을 흡수할 수 없습니다.]

메시지가 떠올랐다.
"어때?"
"흡수할 수 없대."
"아, 끝났네."
"그래도 퀘스트 때문에 몬스터는 다 잡아야 돼."
"쩝, 그건 어쩔 수 없지."
귀마를 사냥할 경우 얻을 수 있었던 것은 능력치 상승을 도와주는 보석과 대량의 경험치였다. 그런데 둘 중 보석이 사라졌으니 성민우가 느낄 허무감이 꽤 클 것이다.

무혁은 이미 경험한 적이 있어서 괜찮았지만 성민우는 처음이었기에 그 허무감을 이겨내는 게 쉬운 일이 아니었다. 자기도 모르게 어깨가 조금 늘어진 상태였으니 그의 변화를 모를 수가 없었다.

"힘드냐?"

"어? 아니, 괜찮아."

"흐음, 그래?"

"어, 던전이나 깨자."

일단은 상태를 지켜보기로 했다. 그렇게 다시 귀마 사냥이 시작되었다.

키아아아악!

한 마리가 나타났을 땐 여유가 있었다.

[경험치가 상승합니다.]

상대하는 것도 무난했고.

[귀마의 뼈(×1)를 획득합니다.]

사체 분해도 잊지 않았다.

문제는 두 마리가 나타났을 때 발생했다.

"한 마리씩!"

"아아, 오케이."

무혁은 무난하게 사냥을 마쳤다.

스윽.

귀마를 잡고 고개를 돌리는데 성민우가 곤경에 처해 있었다. 표정은 굳어 있었고 정령도 두 마리가 역소환된 상태였다.

게다가 지금 귀마가 마법을 사용하고 있는데도 성민우는 멍하니 정면을 바라보며 피하지 않고 있었다. 저 상태로 맞게 되면 즉사할지도 모른다.

"굴러! 이 미친 새끼야!"

무혁의 외침에 정신을 차린 걸까. 성민우가 다급히 바닥을 굴렀다.

"흐읍!"

덕분에 즉사는 면했지만 그래도 상태가 좋지는 않았다. 윈드 스텝으로 성민우에게 다가가 일단 HP 포션부터 먹였다.

이후 귀마에게 접근해서 공격을 퍼부었다. 귀마의 주의를 겨우 무혁 본인에게로 돌린 후 성민우와는 반대쪽으로 이동해 자리를 잡았다.

강화뼈, 검뼈 전원 돌진.

스켈레톤으로 남은 한 마리의 귀마를 압박했다.

키아아악!

그래도 당하기만 한 것은 아닌지 귀마의 HP도 간당간당했던 모양이다. 무혁의 공격이 본격적으로 시작되기 전에 놈이 쓰러졌으니까.

[경험치를 획득합니다.]

사체 분해도 하지 않고 성민우에게 다가갔다.

"괜찮냐?"

"아, 어어."

"정신을 어디에다 두고 있는 거야?"

이제야 정신이 든 모양이다. 눈동자에 생기가 돌아오는 게 느껴졌다.

"미안, 조금 집중을 못 했더니."

기분이 약간 다운되었을 뿐이겠지만 그 작은 차이가 이런 결과를 낳았다.

왜 전쟁에서 사기를 중요하게 생각하겠는가. 사기가 높으면 힘이 나고 떨어지면 의욕을 잃게 된다. 치솟는 에너지, 그리고 집중력. 그게 전쟁의 승패에 얼마나 큰 영향을 끼치는지 알기에 지휘관들이 병사들을 독려하고 격려하는 것이다. 같은 이치였다. 성민우 역시 의욕이 떨어져서 일어난 현상일 뿐이었다.

그럼 해결법은 뭘까? 아주 단순하다. 의욕을 높여주면 된다.

현재 시각은 저녁 7시 30분.

"나가자."

"어?"

"오랜만에 술이나 한잔하자고."

"술? 갑자기 무슨……"

"잔말 말고 나와."

무혁이 로그아웃했다. 별수 없이 성민우도 따라서 로그아웃을 했다.

전화로 시간과 장소를 정했다.

"8시에 보자."

-어, 그래.

간단하게 옷을 입은 후 집을 나섰다.

후드드득.

그런데 아직도 비가 내리고 있었다.

우산을 가지고……

그 순간 우산을 빌려준 트레이너에 대한 생각이 머리를 스치고 지나갔다. 우산을 무혁에게 있으니 아마도 그녀는 비를 맞고 집으로 가야 하지 않을까 걱정되었다.

언제 퇴근한다고 했지? 7시 30분? 8시?

서두르면 트레이너를 만날 수 있을 것도 같았다. 다급히 집으로 돌아가 그녀의 우산과 본인의 우산을 손에 쥐고 주차장에 세워진 차에 몸을 실었다.

부으으으응.

서둘러 헬스장으로 이동했다. 거리가 멀지 않아 금방 도착할 수 있었다.

아직 있으려나.

차에서 내리려는데 마침 트레이너가 헬스장에서 나오는 모습이 보였다. 그녀는 아직도 내리는 비를 보며 당혹스러운 눈빛을 보이고 있었다.

빠아앙.

클랙슨을 울렸다.

그녀가 이쪽을 바라보자 무혁이 문을 열고 나왔다. 무혁은 본인의 우산을 쓰고 트레이너의 우산은 손에 쥔 상태였다.

"앗……!"

그녀의 놀란 탄성이 들렸다.

"안녕하세요?"

"이 시간에는 무슨 일로 오셨어요?"

"친구 만나러 가려는데 아직도 비가 오더라고요. 트레이너님 우산이 저한테 있으니까 걱정돼서 왔죠."

"아……."

우산을 그녀에게 건네자 트레이너가 부드럽게 웃었다.

"고마워요, 정말."

"뭘요."

이제 더 할 말이 없었다.

"그럼 전 이만 가 볼게요."

"아, 네."

등을 돌리는데 문득 생각이 났다.

아참, 이건 예의가 아닌 것 같았다.

"어느 쪽으로 가세요?"

"네?"

"방향 같으면 태워드릴게요."

"아, 아뇨. 괜찮아요."

"으음, 괜찮으시다면야…… 그럼 내일 봐요."

무혁은 인사를 한 후 바로 차에 올라타곤 출발했다.

홀로 남은 트레이너가 중얼거렸다.

"한 번만 더 물어보시지……."

아쉬운 표정을 지으면서.

성민우와 오랜만에 고급 한우를 먹었다.

"진짜 막 시킨다?"

"마음대로 해라."

"좋아, 물리기 없기. 이모!"

"네, 주문하시겠어요?"

"일단 꽃등심 2인분하고요. 살치살 1인분, 채끝살 1인분, 갈

비살 1인분. 그리고 소주 2병만 갖다 주세요."

"네!"

부위별로 가격이 달랐지만, 대부분이 1인분에 2만 원에 달했다. 지금 시킨 것만으로 벌써 10만 원이 넘을 정도였다.

"이제 시작이야!"

"그래, 그래."

하지만 이 정도는 예상했다. 솔직히 무혁도 오랜만에 소고기를 제대로 맛보고 싶었고, 먹는 것에 돈 아끼는 성격은 아니었기에 그리 아깝다는 생각은 들지 않았다.

오늘은 그냥 마음껏 먹자.

"어, 나왔다."

반할 것만 같은 고기들을 불판에 올리고.

치이익.

한 번만 뒤집어서 익힌 후 입에 넣었다.

사르르 하고 녹는 기분에 소주 한 잔을 걸치니,

"크으."

절로 탄성이 나왔다.

"아, 좋다!"

오랜만에 일루전 생각을 지워 버렸다.

다음 날, 다시 귀마 사냥이 시작되었다.

어제 저녁, 소고기에 소주를 걸친 덕분일까. 기세가 오른 성민우의 기합성이 드넓은 초원에 연신 울려 퍼졌다.

"으라차차차!"

"좋냐?"

"당연하잖아. 기운이 펄펄 나네! 역시 사람은 가끔 쉬어줘야 한다니까. 일루전이 진짜 재밌고 돈도 많이 벌리긴 하는데 그렇다고 하루 종일 일루전만 하면 사람이 폐인이 되더라. 너 운동한다고 했지?"

"어."

"나도 이제 헬스장 다녀야겠다."

"잘 생각했어."

사냥은 해가 질 때까지 이어졌다.

언제 끝이 날까 하는 지겨움이 머리끝까지 차올랐을 즈음 드디어 초원의 끝에 도달했다. 마치 여기가 끝임을 알려주기라도 하듯 완전히 어둠으로 물든 공간.

"남은 몬스터는 없겠지?"

"좌우로 돌아다녔으니까 다 살폈을 것 같은데."

"그래, 나가자."

어둠에 발을 내디뎠다.

화아악.

새로운 공간이 시야에 들어왔다.

그리 넓지 않은 홀, 아무것도 존재하지 않는 곳을 천천히 훑었다.

"뭐야, 여긴?"

몬스터도 보이지 않았다.

그 순간 퀘스트의 내용이 떠올랐다.

[고통의 원인]

[울부짖는 파스칼은 본래 왕국의 기사였다. 사랑하는 연인과의 결혼을 앞두고 정찰 임무를 펼치다 마지막 순간 처참하게 목숨을 잃었다. 해당 던전의 마지막 장소에 떨어뜨린 파스칼의 물건을 찾아내 그의 한을 풀어라.]

[성공할 경우 : 대량의 경험치, 아이템 랜덤 상자 획득, 연계 퀘스트.]

[실패할 경우 : 파스칼의 저주.]

아마도 여기가 마지막 장소이리라.

"퀘스트 확인해 봐."

"퀘스트?"

성민우가 허공을 주시한다.

"아, 물건 떨어뜨린 장소?"

"응, 여긴 것 같은데."

"좋아, 찾아보자고."

무혁은 오른쪽으로 성민우는 왼쪽으로 향했다.

저벅.

일단 오른쪽 벽 끝까지 이동한 후 거기서부터 본격적으로 바닥과 벽면, 그리고 천장을 살펴보기 시작했다. 벽을 살펴보는 것도 중요했지만, 주변을 경계하는 일에도 소홀히 할 수 없었다. 여기서 죽었다고 했으니 그 말은 몬스터가 존재한다는 소리다. 숨어 있는 건가?

어쩌면 지금 이 순간에도 어디선가 지켜보고 있을지도 모른다. 갑자기 나타나 강력한 공격을 펼친다면 파스칼과 똑같이 처참하게, 그리고 허무하게 죽임을 당하리라. 그러면 다시 던전에 들어올 수 없게 되니 퀘스트 클리어도 불가능하다.

시간만 낭비하는 꼴이 될 수도 있었다. 절대 그럴 순 없었다. 그래서 무혁은 오히려 물건을 찾는 것보다 경계하는 것에 더 신경을 썼다. 하지만 한참이 지나도 몬스터가 나타날 기미가 보이지 않았다.

무슨 장치라도 건드려야 나타나는 건가?

벌써 30분째, 조금씩 주변 경계에 소홀하게 되었다.

다시 30분이 흐르고.

'진짜로 없나?'

조금 더 마음을 놓았다.

어느새 벽을 수색하는 것에만 집중하고 있었다.

그 순간, 휘리릭.

무언가가 나타나 무혁과 성민우를 내려다보며 새하얀 가루를 뿌렸다.

[환상에 빠집니다.]

메시지와 함께 무혁의 동공이 공허해졌다.

공간이 일그러졌다.

감각이 겹쳐지면서 정신이 몽롱했는데 그 탓에 지금 이 상황이 현실인지 꿈인지 분간이 되질 않았다.

이질적인 느낌을 받음에도 불구하고 생각이 멈춰 버린 기분이었다. 그렇게 천천히 눈알을 굴렸다.

여기는…… 분명히 병원이었다. 특유의 냄새, 그리고 자신의 상태.

아, 교통사고!

사고로 전신 마비가 왔다. 그래서 병원에 입원해 침대에서 꼼짝도 하지 못하는 상태다.

맞아, 그랬지.

그때 병원의 문이 열리며 누군가가 들어왔다.

엄마……?

눈물짓는 그녀는 분명 무혁의 어머니였다.

"아들, 우리 아들……."

떨어진 한 방울의 눈물은 아마도 평생을 이렇게 살아야 하는 무혁에 대한 안타까움이리라.

그런데.

"우리 아들……."

그녀의 표정이 이상해졌다. 악귀처럼 일그러진다.

"차라리, 그래, 차라리……."

양손을 뻗더니 무혁의 목을 움켜쥐었다.

"죽어버려."

너무나 놀랐지만, 몸이 움직이질 않았다. 어떤 행동도 취할
수가 없었다.

어, 엄마……!

순간, 그녀의 모습이 유리처럼 깨어지더니 공간이 바뀌었다.

다음으로는 아버지가 나타났다. 이미 무혁의 병원비로 재산
대부분을 써버린 상황이었다. 그가 할 수 있는 것은 몸이 닳도
록 일을 하는 것뿐이었다. 그 탓일까. 눈은 퀭했으며 광대가
툭 튀어나와 보일 정도로 볼이 홀쭉해진 상태였다.

"아이고, 죄송합니다."

"죄송하면 다야!"

언제나 크고 든든했던 아버지가 고개를 숙이고 있었다.

그것도 아주 젊은 사내에게.

"정말 죄송합니다."

한참을 사과하던 아버지가 고개를 돌린다.

"너 때문이다."

그곳에 무혁이 있었다.

"너 때문에……!"

달려들더니 무혁의 목을 졸랐다.

아…….

뒤이어 나타난 누나 역시 상황은 처참했다. 돈을 벌기 위해 하지 않은 일이 없었다. 정신적으로나 육체적으로나 견디기 어려운 일들을 꿋꿋이 버티며 감내했다. 그 모든 것은 오직 한 사람, 무혁을 위해서였다.

아, 아아……!

그리곤 악마처럼 변한 누나 역시 무혁을 죽이려 들었다.

그제야 알게 되었다. 그들이 감내해야만 했던 고통을 그 처절함을 말이다.

죄송합니다…….

미안한 마음이 솟구친다.

하지만……. 무혁의 눈이 번쩍하고 떠졌다.

"가짜잖아."

만약 진짜였다면 절대 무혁을 죽이려 들지 않았을 테니까.

거짓된 세상이 유리처럼 깨졌다. 무혁의 시선은 더는 흐리지 않았다.

"후우……."

세상이 제대로 인식되었다.

그래, 여긴 던전이야.

아려오는 심장을 부여잡으며 고개를 들자 허공에 떠 있는 생명체가 보였다.

환영을 보여주어 상대를 말려 죽이는 75레벨의 몬스터, 환마였다.

단지 게임일 뿐인데 이런 환영이라니……. 기억을 조종하는 걸까? 아니, 그런 부분을 떠나서 환영을 본 무혁의 기분이 몹시 더러웠다.

가족들의 처절한 모습은 마치 진실인 것만 같은 감각이었다. 가족에 대한 믿음이 없었다면 분명 그 거짓된 환영에 빠져 허우적거리다 죽어버렸을 것이다.

환마!

도저히 용서할 수가 없었다.

죽인다!

인벤토리에서 검을 꺼냈다.

검을 꽈악 쥐고 지면을 찼다.

윈드 스텝을 사용하자 한 줄기 바람이 된 것 같았다. 뒤로 물러나는 환마를 순식간에 따라잡아 등에 올라탔다. 날개를 퍼덕거리는 거대한 나비형 몬스터의 날갯죽지를 검으로 갈라버렸다.

키아아아악!

놈이 고통에 절규하는 순간.

"어, 어……?"

성민우도 환상에서 깨어났다.

빠르게 상황을 파악한 그가 정령을 소환해 무혁을 돕기 시작했다.

"시발, 기분 더럽네!"

"나도!"

"족치자!"

아처와 메이지를 소환하여 놈을 끝없이 공격했다. 놈이 고통에 절규하며 발악을 해도 절대 멈추지 않았다. 오히려 더 잔혹하게, 더욱 잔인하게 놈을 짓이겼다.

키, 키이익…….

끝내 버티지 못한 환마가 회색으로 물들며 사라졌다.

[경험치가 상승합니다.]

['파스칼의 유품'을 획득합니다.]

[퀘스트 '고통의 원인'을 클리어합니다.]

[대량의 경험치를 획득합니다.]

[레벨이 상승합니다.]

['아이템 랜덤 상자'를 획득합니다.]

[연계 퀘스트 '유품 전달'로 이어집니다.]

무혁과 성민우는 떠오른 메시지와 사라지는 공간을 바라보며 크게 웃었다. 드디어 넌전에서 나가게 된 것이다.

화아악.

빛이 사라지고 눈을 떴다. 무덤을 찾기 위해 헤집었던 파스칼의 들판이었다.

"후아, 끝났네."

"어, 진짜 오래 사냥했다."

"그래도 보상은 확실하니까."

아직 유품 전달이 남긴 했지만 그건 전하기만 하면 되니 어렵진 않을 것이다. 이제 퀘스트가 끝났다고 봐도 과언이 아니었다.

"여기서 좀 쉬었다가 가자."

"오케이."

상자도 까야 했고 또 스탯도 올려야 하니까.

상태창을 열어 레벨 업을 하면서 얻은 보너스 포인트를 체력에 투자했다.

[기본 정보]

이름 : 무혁

레벨 : 70

직업 : 조폭 네크로맨서

명성 : 4,012

[칭호]

1. 모험의 시작

-모든 스탯 +1

2. 조폭 네크로맨서의 수제자

-HP, MP(200) 상승

-회복률(5) 상승

3. 어둠에 물들지 않은

-어둠 관련 몬스터에게 추가 대미지(+5%)

-어둠 관련 몬스터에게 추가 방어력(+5%)

4. 혼자만의 여행

-던전에서 모든 능력치(5퍼센트) 상승

5.행운의 제작자

-사용 제한이 붙을 확률을 낮춰준다.

6. 2차 수련관 통과자

-모든 스탯 +2

7. 탑을 개방한 자

-모든 스탯 +2

-탑에서 모든 스탯 +1

[기본 스탯]

힘 : 56 / 민첩 : 36 / 체력 : 50

지식 : 29 / 지혜 : 39

보너스 포인트 : 0

[특수 스탯]

지구력 : 8 / 집중력 : 8 / 유연성 : 8

행운 : 8 / 손재주 : 91

보너스 포인트 : 0

[상세 정보]

HP : 3,730 / 분당 회복률 : 194

MP : 3,620 / 분당 회복률 : 403

물리 공격력 : 168+92 / 마법 공격력 : 145

물리 방어력 : 50+65 / 마법 방어력 : 58

공격 속도 : 165+2%

이동속도 : 132.5+7%

반응속도 : 103.6+0.5%

한층 더 성장했음이 느껴지며 만족스럽게 상태창을 껐다.

자, 이번에는…….

인벤토리에서 꺼낸 랜덤 상자를 오픈했다.

그런데 예상과는 다른 메시지가 떠올랐다.

[무구/재료 선택 가능]

두 가지 중에서 선택이 가능했던 것이다.

재료?

무구는 방어구와 무기를 이르는 말이다.

그런데 재료라……. 왜 거기에 시선이 가는 걸까?

조금 더 상세한 설명을 보고 싶어서 무구에 손을 댔다.

[무구를 선택할 경우, 방어구나 무기 랜덤 1종]
[재료를 선택할 경우, 특수 재료 랜덤 수량으로 2종]

무혁의 눈길을 끈 것은 다른 게 아니었다. 특수 재료 2종, 그리고 랜덤 수량이었다.

"으음."

고민의 시간이 흐르고.

그래, 재료로 하자.

어차피 아이템으로 인한 돈 욕심은 크지 않았다. 지금도 돈은 충분했으니까. 하지만 특수 재료는 구하기가 아주 어려웠다. 행운이 따르지 않는다면 몇 년을 노력해도 구하지 못할 특수 재료도 상당히 많았다. 그중의 하나가 등장한다면 그야말로 대박인 것이다. 물론 두개골이 나온다면 더할 나위 없이 좋겠지만, 굳이 두개골이 아니더라도 유용하게 사용할 자신이 있었다.

[재료를 선택하였습니다.]

이윽고 2가지의 특수 재료가 나타났다.

[용심(×1)을 획득합니다.]
[극궁사의 두개골(×2)을 획득합니다.]

무혁은 눈을 비볐다.

뭐지?

다시 메시지를 확인했다.

오류인가?

이번엔 나타난 아이템을 직접 두 눈으로 확인했다.

"허, 허어어업!"

충격으로 인한 기함도 잠시, 극도의 흥분이 치솟았다. 뒤이어 고막을 찢을 것만 같은 환호성이 터졌다.

포효의 시간이 끝나고.

"이제 좀 안정이 되냐?"

"어."

"도대체 뭐기에 그래?"

무혁이 웃으며 두 가지 재료를 건넸다.

"이거야."

"한번 보자."

성민우가 그 재료를 확인했다.

[용심]

드래곤의 심장이라 불리는 진-용심과는 비교할 수 없지만 상당한 수준의 마나가 집약되어 있다.

먼저 용심, 진-용심은 드래곤의 심장이지만 지금 보이는 용심은 드래곤의 심장은 아니다. 그렇다고 무시할 수준의 물건도 아니다. 용심이란 이름이 괜히 붙었겠는가.

사실 성민우는 특수 재료의 귀함을 모르기에 이게 그렇게 좋은가 싶은 생각이 들었지만 말이다.

다음은 두개골.

[극궁사의 두개골]

특성 : 힘

설명은 그게 전부였다.

"이게 그렇게 좋은 거야?"

"나한테는."

"너한테는?"

"어."

"으흠, 그렇구만."

성민우는 두 가지 물건에서 손을 뗐다.

"난 이거."

"갑옷이네?"

"어, 상당히 좋아."

이번엔 무혁이 갑옷에 손을 올렸다.

"오호."

자연스레 탄성이 나왔다.

"좋지?"

"좋네. 최소 300골드는 되겠는데?"

"크큭, 이번 달에도 엄청나게 벌었어. 역시 일루전의 꽃은 던전이구만."

한동안 수다를 떨며 들판을 거닐었다.

"유품부터 가져다주자."

"아참, 그게 있었지."

전달만 하면 되기에 문제가 없었다.

스켈레톤의 진화는 그 이후에.

무혁은 설레는 맘으로 용심과 두개골을 인벤토리에 넣었고 연계 퀘스트 정보를 확인했다.

[유품 전달]

[파스칼을 기다리고 있을 위브라 제국의 별빛 여관의 주인, 아란에게 유품을 전하라.]

[성공할 경우 : 대량의 경험치, 파스칼의 무구.]

[실패할 경우 : 재도전 불가.]

가야 할 곳은 별빛 여관이었다. 위치를 물어물어 도착한 여관은 장사가 꽤 잘되고 있었다.

"어서 오세요!"

30대로 보이는 주인이 무혁과 성민우를 반겼다.

"혹시 이름이 어떻게 되세요?"

"네?"

주인이 고개를 갸웃거렸다.

"아란 님 아니신가요?"

"어! 제 이름을 어떻게 아세요?"

그녀가 맞았다. 무혁은 인벤토리에서 파스칼의 유품을 꺼냈다. 낡은 목걸이였다. 그녀에게 내밀자 목걸이를 알아본 아란의 눈동자가 흔들렸다.

"이, 이건······."

"파스칼의 유품입니다."

유품은 죽은 이가 생전에 사용하던 물건이란 뜻. 즉, 파스칼이 돌아올 수 없는 곳으로 떠났음을 알린 것이다.

"아, 아아······!"

목걸이를 손에 쥐고 눈물을 흘리다 이내 힘없이 주저앉는 그녀의 소리 없는 통곡이 한참 동안 이어졌다.

여관의 문을 닫은 아란이 두 사람을 집으로 초대했다.

그곳에서 대접받은 음식을 다 먹었을 즈음, 그녀가 구석에서 상자를 꺼내더니 그 안에 있던 투구와 검을 가져왔다.

"그 사람의 친구가 사용했던 물건이에요."

"아, 그렇군요."

"남은 게 이 두 가지뿐이네요. 목걸이를 얻게 되었으니 이제 이 물건들은 저에겐 의미가 없어요. 유품을 전해주신 두 분이 잘 사용해 주셨으면 좋겠어요."

"정말 그래도 될까요?"

"그럼요."

퀘스트임을 알면서도 괜히 미안해졌다.

"감사히 받겠습니다."

투구와 검, 두 가지 물건을 받은 무혁과 성민우는 목걸이를 바라보며 상념에 잠긴 아란을 두고 집을 빠져나왔다.

"후우, 찝찝하네."

"그러게……."

"뭐, 그래도 아이템은 아이템이니까."

"사용할까?"

"우리랑은 어울리지 않는 물건이라……."

"그럼 팔자."

"그래도 될까……?"

"괜찮아, 누구든 우리보단 더 잘 사용하겠지. 그리고 금액은 정확하게 반으로 나누면 되겠고."

"네가 그렇다면야."

무혁이 아이템을 보며 물었다.

"네가 팔래?"

"찝찝해. 네가 팔아."

"쩝, 그래."

무혁은 그 자리에서 바로 경매 시스템에 물건을 올렸다.

파스칼의 투구와 파스칼의 검, 시간은 72시간, 경매 시작 가격은 100골드였다.

"시간도 늦었고 오늘은 여기까지만 하자."

"그래."

"내일 보자."

성민우가 로그아웃을 했으나 무혁은 일루전에서 나가지 않았다. 아직 해야 할 일이 남아 있었다.

멀지 않은 곳에 위치한 여관에 방을 잡고 활뼈를 소환했다.

"스켈레톤 아처 소환."

그리고 극궁사의 두개골 하나를 꺼냈다.

강화 뼈 조립.

활뼈1의 두개골을 뽑았다.

키릭?

그 자리에 극궁사의 두개골을 꽂았다.

['활뼈1'의 '두개골'이 바뀝니다.]

[진화를 시작합니다.]

활뼈1도 검뼈가 진화했을 때처럼 변화가 일어났다.

키가 20센티미터 정도 자라났고 앙상한 몸매를 지닌 사람이 벌크 업을 마친 것처럼 뼈가 굵어졌다.

우드득.

활뼈의 변화가 끝나는 순간, 메시지가 떠올랐다.

무수한 글귀가 눈을 어지럽혔다.

['강화 스켈레톤 아처'로의 변화를 마칩니다.]

['무속성' 계열입니다.]

[1레벨당 HP의 상승분이 5에서 10으로 증가합니다.]

['극궁사'의 특성이 적용되어 힘(10)이 상승합니다.]

[공격력(30)이 상승합니다.]

[관통력이 미미하게 증가합니다.]

[공격 속도(5퍼센트)가 상승합니다.]

[이동속도(5퍼센트)가 상승합니다.]
[모든 스탯(2)이 상승합니다.]

엄청난 능력치의 상승이었다.

힘 스탯 10에 모든 스탯이 2가 증가하면서 힘만 12개가 상승했다. 여기에 공격력이 따로 30 증가하면서 총 66의 공격력 상승 효과를 보게 된 것이다.

엄청나네.

막상 진화를 시킨 무혁도 얼떨떨한 심정이었다.

검뼈와는 확실히 달라.

검뼈는 물방과 마방, 그리고 반응속도가 올랐다. 활뼈는 그 대신 관통력이 증가했다.

무혁은 잡념을 치우고 소환수의 상태를 확인했다.

이름 : 강화 스켈레톤 아처 1

레벨 : 65

HP : 1,560 / MP : 1,040

힘 : 56 / 민첩 : 21 / 체력 : 29

지식 : 13 / 지혜 : 15

물리 공격력 : 198+97

물리 방어력 : 29 / 마법 방어력 : 13

공격 속도 : 156+5%

이동속도 : 128+5%

반응속도 : 102.1%

　　정말 공격력이 특화된 상태였다. 체력도 방어력도 수준 이하였지만 무혁은 만족스럽기만 했다. 어차피 궁수이기 때문에 체력이나 방어력은 필요가 없었다. 방어는 강화뼈와 검뼈로 충분했다.

　　곧바로 활뼈2도 진화를 시켰다.

[‘활뼈2’의 ‘두개골’이 바뀝니다.]

[진화를 시작합니다.]

활뼈1과 다르지 않았다.

[‘강화 스켈레톤 아처’로의 변화를 마칩니다.]

[‘무속성’ 계열입니다.]

[1레벨당 HP의 상승분이 5에서 10으로 증가합니다.]

[‘극궁사’의 특성이 적용되어 힘(10)이 상승합니다.]

[공격력(30)이 상승합니다.]

[관통력이 미미하게 증가합니다.]

[공격 속도(5퍼센트)가 상승합니다.]

[이동속도(5퍼센트)가 상승합니다.]
[모든 스탯(2)이 상승합니다.]

활뼈2의 공격력도 300에 가까워졌다.

좋아, 이름은…….

이제 그냥 활뼈와는 구분을 시킬 필요가 있었다.

그래, 강활.

['강화 스켈레톤 아처 1'의 닉네임이 '강활1'로 변경됩니다.]
['강화 스켈레톤 아처 2'의 닉네임이 '강활2'로 변경됩니다.]

강활 두 마리가 무혁을 쳐다보며 턱을 딱딱거렸다.

"이름이 마음에 드는 건가?"

혼자 착각하며 흡족해했다.

확실히 강해졌어.

하지만 여전히 갈증이 느껴진다. 앞으로 일루전에서 일어날 무수한 에피소드에 짓눌리지 않기 위해선 지금보다 더 강해질 필요가 있었다.

만족하지 말자. 그렇다고 조급해하지도 말자.

그럼 지금 무혁은 어느 정도의 수준일까. 격차가 얼마나 좁혀졌을까.

랭킹 시스템창을 불러왔다.

1위. 다크(성기사 79Lv)

2위. 아레스(쉐도우 아처 78Lv)

3위. 하늘(마법사 78Lv)

…….

9위. 거스(무투가 78Lv)

다크의 레벨이 79였다.

9레벨 차이라……. 조금씩이지만 분명히 좁혀지고 있었다.

아직은 안 되겠지?

이미 알면서도 혹시나 하는 마음으로 10만 랭킹을 클릭했다. 아무런 변화가 없었다. 10만 명 안에 포함되지 않는다는 의미였다. 50만 랭킹을 클릭하자 이번에는 변화가 있었다.

381,217위. 무혁(네크로맨서 70Lv)

381,218위. 앙꼬(가디언 70Lv)

…….

무혁의 순위가 나타난 것이다.

아, 38만.

일루전을 즐기는 인구가 10억이 넘으니 대략 0.04퍼센트에 해당하는 최상위권이었다.

빠르게 치고 올라간다.

스스로를 다독이며 눈을 감았다.

로그아웃, 일루전을 종료했다.

다음 날 무혁은 성민우와 만나 용병 길드로 향했다.

줄을 기다리며 말했다.

"나 구해야 할 아이템이 있어서 얍베 산맥이 가야 할 것 같은데."

"혼자?"

"꼭 혼자일 필요는 없는데……."

"그럼 상관없어. 어차피 난 딱히 할 게 없어서."

"꽤 오래 걸릴지도 몰라."

"괜찮아."

"그럼 얍베 산맥에서 해결할 수 있는 퀘스트 받아서 가자."

마침 무혁과 성민우의 차례가 되었다.

"다음."

직원의 말에 앞으로 나섰다.

"의뢰 완료요."

"용병패 주시면 됩니다."

용병패를 건네자 직원이 이상한 기계로 훑었다.

[용병 길드의 의뢰를 수행하셨습니다.]

[의뢰 난이도(C등급)를 확인합니다.]
[용병 포인트(100점)를 획득합니다.]

메시지가 떠올랐고 직원이 용병패를 돌려줬다.

"고생하셨습니다."

"네, 다른 퀘스트 좀 보여주세요."

"알겠습니다."

직원이 손을 휘젓자 눈앞으로 홀로그램이 떠올랐다.

무수한 퀘스트가 보인다.

"퀘스트 검색은 왼쪽에서 해주시면 됩니다."

"아, 네. 그전에 얍베 산맥 위주로 정리해서 보여주세요."

홀로그램이 흔들리더니 퀘스트 내용이 바뀌었다. 목록에 있
는 대략 10개의 퀘스트가 전부 얍베 산맥과 관련이 있었다. 왼
쪽으로 이동한 후 하나씩 살폈다.

"이건 어때?"

성민우가 다가오며 물었다.

"어떤 거?"

"하룬의 도움."

"흐음……."

하룬의 도움을 살펴봤지만, 보상이 썩 마음에 들지 않았다.

"별로인 것 같은데."

"그럼 벵갈 부족은?"

"잠시만."

내용을 확인해 봤다.

[벵갈 부족을 없애라]

[얍베 산맥의 중턱에 위치한 벵갈 부족은 호전성이 강하여 산맥에서 내려와 자주 민가를 침입한다. 더 이상 지켜볼 수 없었던 위브라 제국의 귀족 한 명이 나서서 용병 길드에 의뢰를 맡겼으니 부족을 처단하여 그 증표로 벵갈 부족의 이빨 100개를 모아라.]

[적정 레벨 : 75]

[적정 등급 : D]

[성공할 경우 : 골드, 공헌도.]

보상이 눈에 들어왔다.

공헌도!

이건 고민할 것도 없었다. 공헌도가 있는 퀘스트는 연계 퀘스트만큼이나 찾기가 어렵다. 해당 제국의 귀족이 의뢰해야만 하는데 그들은 웬만해서는 잘 움직이지 않기 때문이다.

아마 이번 의뢰도 그저 보여주기식일 가능성이 크지만 그래도 상관없었다. 공헌도를 얻을 수 있으니까.

"이거 좋네."

게다가 다른 유저는 아직 공헌도라는 단어를 모른다. 귀족에게 물어봐도 대답을 들을 수는 없다. 그들 역시 공헌도가 뭔지 모르니까. 그저 제국에 도움이 되는 일을 했을 때 시스템상으로 얻을 수 있는 포인트일 뿐이다. 그리고 그 공헌도가 일정 수치 이상이 되면 그제야 퀘스트를 건넨 귀족이 많은 일을 했다고 치하하면서 몇 개의 아이템을 보여주고는 한다.

무혁처럼 개인 아이템 창고로 가기 위해선 적어도 백작 이상의 귀족을 만나야 하는데 사실 초창기 유저들은 그럴 가능성이 극히 드물었다.

아무튼, 그 때문에 일반 유저에게 공헌도는 그저 막연한 의미로 다가올 가능성이 컸다.

그것이 공헌도 퀘스트가 아직 남아 있는 이유일 것이다. 만약 공헌도로 엄청난 아이템을 획득할 수 있다는 정보가 퍼진다면 그때부터는 공헌도 퀘스트를 발견하는 게 하늘의 별 따기보다 어려워질 것이 분명했다.

"카타르는?"

[카타르를 섬멸하라]

[얍베 산맥에서 살아가는 카타르는 벵갈 부족과의 전투에서 밀려 산의 초입으로 영역이 밀려났다. 그 탓에 민가와의 거리가 좁혀졌고 수시로 침입하여 가축을 죽이거나 인명 피해를 입히고 있는 상황이다. 위브라 제국의 귀족이 용병 길드에 의뢰를 맡겼으니 카타르를 처단하고 그 증표로 카타르의 가죽 100개를 모아라.]

[적정 레벨 : 70]

[적정 등급 : D]
[성공할 경우 : 골드, 공헌도.]

이번에도 공헌도가 있었다. 나머지 퀘스트도 확인해 봤지만 더는 공헌도가 보상인 퀘스트가 없었다. 몬스터 퇴치 의뢰도 언급한 두 개뿐이었다.

"이거 두 개면 되겠다."

"오케이."

곧바로 직원에게로 가 의뢰를 받았다.

[퀘스트 '벵갈 부족을 없애라'가 갱신됩니다.]
[퀘스트 '카타르를 섬멸하라'가 갱신됩니다.]

이후 용병 길드에서 나와 워프 게이트를 이용해 얍베 산맥에서 가장 가까운 마을로 이동했다. 얍베 산맥은 이곳에서도 1시간 이상을 더 이동해야 했기에 그냥 걸어가기엔 무리가 있었다. 서둘러 얍베 산맥을 지나가는 상단을 물색했다.

"실례합니다."

"네, 무슨 일이신지……?"

책임자로 보이는 자가 다가왔다.

"얍베 산맥을 가려는데 거리가 멀어서요. 동행하고 싶은데 가능할까요?"

"흐음, 동행이라……."

"동행을 허락해 주신다면, 약간의 수고비도 드릴 수 있습니다."

"커험, 뭐, 이런걸."

무혁은 그에게 10골드를 건넸다.

현실에서도 현금 10만 원, 그리고 게임 속 NPC에게도 결코 적은 금액은 아니었다.

"가능할까요?"

"어려운 상황에선 서로 도와야지요. 저기 자리가 넉넉한 수 레가 있으니 거기에 타면 되겠군요."

"감사합니다."

무혁과 성민우는 그가 가리킨 수레에 몸을 실었다.

"크으, 푹신한데?"

등을 대고 누우니 천국이 따로 없었다. 아래에 짚이 깔려 있 어서 편안하기까지 했다.

산들거리며 불어오는 바람에 따사로운 태양까지 이보다 더 좋을 수 있으랴. 오랜만에 여유를 느끼며 일루전 그 자체를 즐 기는 무혁과 성민우였다.

한 시간을 조금 못 갔을 때, 저 멀리 얍베 산맥이 보였다.

"우와……."

감탄을 금할 수 없었다. 모든 것을 받아들일 것만 같은 엄청난 크기의 산맥이 저 높은 곳에서 아래를 내려다보고 있었다.

자연에 압도당하는 기분이 이러할까.

"엄청나네."

"진짜 멋있구만."

현실에선 볼 수도 경험할 수도 없는 것들을 일루전에서는 경험할 수 있다. 그것도 일루전의 커다란 매력 중 하나였다.

"여기서 내려야겠는데."

"아, 그래야지."

수레에서 내린 두 사람은 상단의 책임자에게 인사를 한 다음 얍베 산맥으로 걸음을 옮겼다.

얼마 동안은 자연의 경관에 압도당해 주변을 구경하기에 여념이 없었다. 하지만 산맥에 가까워질수록 구경만 할 수는 없었다.

"슬슬 나타나네."

몬스터가 한두 마리씩 보이기 시작한 까닭이다. 유저도 꽤 있었다.

물론 가까운 거리에는 없지만, 방해물이 없어 시야가 먼 곳까지 닿았다. 그 사이사이에 몬스터를 사냥하고 있는 파티가 몇 팀 보였다.

"우리도 어서 잡자."

"어."

곳곳에서 카타르가 보였다. 전신을 갑옷으로 중무장하고 양손에 장검을 지닌 채 코뿔소에 올라탄 모습은 꽤나 위압적으로 다가왔다. 하지만 70 레벨의 카타르는 파스칼의 무덤에서 사냥했던 몬스터보다 오히려 레벨이 낮았다.

중턱까진 어렵지 않게 갈 수 있겠지만, 문제는 산맥의 꼭대기다. 그 부분을 수색할 땐 곤욕을 치러야 할 수도 있었다..

"내가 유인할게."

"오케이!"

무혁은 먼저 설정에서 메시지 정보를 변경했다.

['기본 정보' 표기에서 '상세 정보' 표기로 변경합니다.]

이후 시위에 화살을 걸었다.

강력한 활쏘기.

카타르를 겨냥하며 시위를 놓았다.

파앙!

떠나간 화살이 카타르의 가슴에 직격했다.

[388의 대미지를 입힙니다.]

갑옷을 입은 탓에 박히지 않고 튕겨 나왔지만 대미지는 들어갔다. 무혁의 예상대로 열이 받은 카타르가 기합성과 함께

양발을 굴렀다.

후랴아앗!

카타르의 장화에 옆구리를 가격당한 코뿔소가 푸르릉거리며 지면을 강하게 찼다. 몸집 탓에 조금 느리다고 여겼던 움직임이 순식간에 빨라졌고 어느새 거리가 절반으로 좁혀졌음을 깨달았다.

"스켈레톤 전사 소환."

강화뼈 두 마리와 검뼈 14마리가 나타났다.

"스켈레톤 아처 소환."

강활 두 마리와 활뼈 6마리가 등장했다.

"스켈레톤 메이지 소환."

마지막으로 메이지 5마리까지 소환해 총공격을 감행했다.

강화뼈 돌진, 강활 연사, 메이지 마법 준비.

강화뼈 두 마리가 방패를 앞으로 내밀며 돌진했다. 생각보다 큰 소리와 함께 먼지가 치솟았다.

그 먼지 속에서 밀려 나온 강화뼈 두 마리, 녀석들의 머리 위를 스치고 지나간 뼈 화살 네 발이 코뿔소와 카타르를 공격했다.

[강활1의 공격이 성공합니다.]×2
[232의 대미지를 입힙니다.]×2
[강활2의 공격이 성공합니다.]×2

[230의 대미지를 입힙니다.]×2

순식간에 920이 넘는 피해를 입혔다. 그걸로 끝이 아니었다.
활뼈, 전원 연사.
뼈 화살이 다시 한번 허공을 가르고.
메이지 마법 공격.
다섯 메이지의 마법이 하늘을 수놓았다.

[메이지1의 공격이 성공합니다.]
[680의 대미지를 입힙니다.]
[메이지2의 공격이 성공합니다.]
[627의 대미지를 입힙니다.]
[메이지3의 공격이…….]
[613의 대미지를…….]

압도적인 파괴력이었다.
먼지 사이로 또다시 뼈 화살이 날아들었다.
팡! 파방, 쉬지 않고 쏘고 또 쏘아댔다.
"어마무시하구만."
그 모습을 옆에서 지켜보던 성민우도 정령에게 공격을 명령
했다.
한동안 이어지던 공격이 멈추고.

후우우웅.

불어온 바람에 먼지가 걷혔을 땐 이미 카타르와 코뿔소의 생명이 꺼진 후였다.

저녁까지 탐색을 이어간 결과.

[카타르의 가죽(퀘스트)을 획득합니다.]

카타르의 가죽을 47장이나 모을 수 있었다.

"이건 금방 깨겠다."

"어, 대신 초입 부근을 확실하게 수색해야지."

무혁은 카타르를 잡으려고 애쓰지 않았다. 그보다는 얍베 산맥의 초입을 돌아다니면서 그로이언의 유품을 찾는 것에 더 집중했다. 바닥을 살피고 나무 기둥이나 덤불을 들춰보고, 돌이나 쓰러진 나무같은 것들의 위치를 옮겨 보기도 했다.

사실 가죽을 47장이나 모은 건 성민우의 공이 컸다. 그는 쉼 없이 수색을 하면서 카타르도 유인해 왔기 때문이다.

수색이 아니라 사냥에 집중했다면 아마도 벌써 퀘스트를 클리어하고도 남았으리라.

"괜히 미안한데……."

"야, 야. 됐어."

"그래도."

"네 덕분에 일루전에 올인해서 지금 잘살고 있잖아. 내가 언제 월 1천에 가까운 돈을 벌어보겠냐? 이 정도는 해야 사람이지."

그러면서 성민우는 다시 멀어졌다. 무혁은 그 뒷모습을 보다 웃었다. 변하지 않는 친구, 그런 친구는 한 명만 있어도 인생을 사는데 있어 큰 위로가 된다.

짜식.

무혁은 다시 수색을 이어갔다.

얼마 지나지 않아 성민우의 외침이 들렸다.

"나 왔어!"

"스켈레톤 소환."

수색을 멈추고 성민우가 끌고 나타난 코뿔소와 그 위에 탑승한 카타르를 보며 말했다.

"옆으로 빠져!"

"오케이!"

정면으로 달려들던 성민우가 타이밍을 보다 옆으로 몸을 날렸다. 그 순간 날아든 다섯 메이지의 마법이 카타르를 휘감았다.

콰과과광!

그다음엔 무혁이 직접 먼지 속으로 들어가 윈드 스텝을 사용해 코뿔소의 발목을 잘라냈다. 코뿔소의 레벨은 60으로 카타르보다도 낮았다. 엄청난 속도로 휘둘러진 무혁의 공격을 감당할 수 있을 리 없었다.

뀌에에에엑!

발목 하나가 잘려 나갔다. 코뿔소가 균형을 잃고 쓰러진 탓에 탑승하고 있던 카타르가 바닥으로 굴러 떨어졌다. 몸을 일으키기 전에 다가가 검으로 공격을 퍼부었다. 윈드 스텝으로 인한 절삭력이 제대로 힘을 보여줬다.

카타르의 단단한 갑옷이 순식간에 우그러졌다. 다급히 몸을 일으킨 카타르였지만 무혁의 압도적인 스탯에 연신 뒤로 밀리기만 했다.

흐라아아압!

카타르는 기합을 터뜨려 보았지만, 상황은 변하지 않았다.

스팟.

공격을 계속하던 무혁이 갑자기 뒤로 물러났다.

"후우."

MP가 절반 아래로 줄어든 탓이었다.

강화뼈, 검뼈 포위.

이후 무차별 공격이 감행되었고.

크허어억.

기괴한 소리를 끝으로 놈의 움직임이 멎었다.

[경험치가 상승합니다.]

[카타르의 가죽(퀘스트)을 획득합니다.]

쓰러진 카타르를 스치고 지나갔다. 놈은 어차피 아무것도 남기지 않기 때문이다. 앞서 몇 번이나 사체 분해를 시도해 봤기에 알고 있었다.

하지만 이제 막 회색으로 물들며 사라지고 있는 코뿔소는 힘 특성을 지닌 뼈를 남기기에 사체 분해를 할 필요가 있었다.

"사체 분해."

무혁의 손이 빠르게 움직였다.

서걱서걱, 코뿔소의 살점을 헤집었다.

[사체 분해를 종료합니다.]
[코뿔소의 뼈(×2)를 획득합니다.]

뼈를 2개나 얻을 수 있었다.

바로 강활1에게 가서 갑옷 같은 갈비뼈 하나를 뽑았다.

[강활1의 힘(0.04)이 줄어듭니다.]

그리고 그 자리에 코뿔소의 뼈를 꽂았다.

[강활1의 힘(0.26)이 증가합니다.]

남은 뼈 하나를 더 조립한 후 산맥의 초입을 살피기 시작했다.

제3장
풍폭

이틀이나 시간을 투자해 초입을 살폈지만 그로이언과 관련이 있어 보이는 장소는 보이지 않았다. 그러는 동안 모은 카타르의 가죽만 무려 220장이었다.

　"이제 초입은 끝인가?"

　"어, 전부 다 살폈으니까."

　초입이라 오히려 더 넓은 느낌이 있었다.

　중턱도 쉽진 않겠지. 어쩌면 1주, 아니, 2주까지 시간이 소모될 가능성도 있었다. 성민우도 이미 알고 있었기에 언제나 괜찮다며 먼저 말을 꺼냈다.

　"느긋하게 사냥한다고 생각하자고."

　"그래, 고맙다."

　"고맙긴."

대화를 나누며 얍베 산맥을 올랐다. 지형이 상당히 험했지만 허투루 볼 수는 없었다. 곳곳을 꼼꼼하게 확인했다.

크르르.

그러다 중턱에 자리를 잡은 벵갈 부족 전사와 마주쳤다. 호랑이의 얼굴을 하고 있었는데 사람처럼 두 발로 일어선 자세였다. 무기는 없었지만, 손톱이 검처럼 예리했다.

"뒤쪽에 궁수도 한 마리 있어."

"스켈레톤 소환."

몬스터가 둘이나 있지만 소환수가 있는데 무엇이 두려울까?

키릭, 키리릭.

그 순간 벵갈 부족 전사가 나무 뒤로 몸을 숨겼다.

숨어?

의아한 마음에 고개를 갸웃거리는 순간.

파아앗.

벵갈 부족 전사가 허공에서 나타났다.

"허업!"

놀란 마음에 헛바람을 들이키며 다급히 왼쪽으로 움직였다. 그곳에 있던 강화뼈가 대신 공격을 맞았다.

카각!

서둘러 방패로 막도록 명령했으나 벵갈 부족 전사의 손톱이 생각보다 위력적인지 강화뼈1이 계속해서 뒤로 밀려났다. 오른쪽에 있던 강화뼈2가 달라붙고서야 벵갈 부족 전사가 거리를 벌렸다. 그 기회를 놓치지 않고 무혁이 시위에 화살을 걸었다.

강력한 활쏘기. 강활, 활뼈 연사.

화살이 시위에서 떠나기 직전.

스윽.

벵갈 부족 전사가 사라졌다.

"어……?"

갑자기 눈앞에서 증발해 버린 것이다. 성민우도 당황한 표정이었다.

"뭐, 뭐야?"

"설마…….'

그 순간 등 뒤에서 느껴지는 섬뜩한 기운에 본능적으로 몸을 숙였다. 그 위로 지나가는 굵은 손톱에 등줄기가 서늘해졌다. 다급히 바닥을 구른 후 손톱이 지나간 자리를 보니 그곳에서 무혁을 내려다보던 벵갈 부족 전사가 다시금 흐릿해지면서 모습을 감췄다. 그것으로 확신할 수 있었다.

은신……!

그 특성 역시 알고 있었다. 무혁은 눈을 차갑게 빛내며 아직까지 붙들고 있던 시위를 놓았다.

파앙!

뻗어 나간 화살 한 대가 허공에 꽂혔다.

크워어어어!

아무것도 없던 곳에서 벵갈 부족 전사가 모습을 드러냈다. 복부에 꽂힌 화살을 한 손으로 부여잡은 채로 말이다. 보이지 않는다고 해서 정말 사라진 게 아니고 그저 모습을 감췄을 뿐이기에 움직임을 예측해 공격을 시도할 수 있었다.

크르르…….

벵갈 부족 전사는 화살을 뽑았으나 이미 놈의 복부에서 은빛의 체액이 흘러나오고 있었다.

이제 저것을 토대로 놈의 위치를 파악하면 된다. 하지만 전사는 그 사실을 모르는지 다시금 은신을 펼쳤다. 몸은 사라졌지만 은빛 체액은 사라지지 않았다.

강활, 활뼈 전원 연사.

비릿하게 웃으며 공격 명령을 내렸다.

퍽, 퍼버벅.

쏘아진 뼈 화살이 놈에게 꽂혔다. 그 순간 다른 방향에서 화살이 날아왔다.

[417의 대미지를 입습니다.]

방어력이 110이 넘는데도 불구하고 HP가 상당히 많이 줄어들었다.

스윽.

화살이 날아온 방향으로 고개를 돌렸으나 벵갈 부족 궁수는 보이지 않았다. 아마도 녀석도 은신을 사용해 몸을 숨기고 있으리라.

"전사는 너한테 맡길게."

"걱정 마."

성민우가 정령과 함께 벵갈 부족 전사를 압박했다.

무혁은 다시금 벵갈 부족 궁수가 공격을 시도하기를 기다렸다.

"……."

지루한 시간이 이어졌다.

사삭.

소리가 들려왔다.

휙 하고 고개를 돌려 소리가 난 방향으로 화살을 날렸다.

파앙!

뻗어 나간 화살이 나무에 박혔다. 놓친 것이다. 그와 동시에 화살 한 발이 나뭇잎을 뚫고 날아들었다.

간신히 몸을 틀어 화살을 피했다.

윈드 스텝.

화살이 날아오는 소리와 각도를 바탕으로 위치를 예상하면 놈은 나무 위에 올라가 있는 게 틀림없었다.

윈드 스텝 스킬로 빠르게 달리면서 메이지에게 명령했다.

마법 준비.

놓치면 광역 마법으로 공격할 계획이었다.

조금은 피해를 입겠지.

기둥을 박차고 나무 위로 올라갔다. 그곳에 꽤 굵직한 나뭇가지가 있었다.

여기라면……!

있을 법한 곳을 골라 검을 휘둘렀다.

후웅.

손에 걸리는 느낌이 없었다. 하지만 다시 한번 좌측으로 돌면서 횡으로 크게 베어냈다. 역시 걸리는 게 없었다.

마법 공격!

무혁을 중심으로 마법 공격이 이루어졌다. 마법이 주변을 휩쓸고 지나가자 근처에서 미미한 신음성이 들렸다.

오른쪽!

몸을 날려 소리가 난 곳에 검을 찔러넣었다.

푸욱.

무혁의 입가가 비틀어졌다.

잡았다.

검을 뽑자 은빛 체액이 뿜어지며 궁수가 모습을 드러냈다. 녀석이 활을 몽둥이처럼 휘둘러 반격했으나 이미 무혁은 유유히 빠져나와 등 뒤로 이동한 후였다.

서걱.

먼저 놈의 손목부터 노렸다. 이후 발목을 베어내자 절반 정도 잘려 버린 손목과 발목이 덜렁거렸다.

MP가……:

무혁은 미간을 찌푸리며 물러났다. 현재 남은 MP 500 정도 밖에 남지 않았기 때문이다.

검뼈 3, 4, 5, 6 역소환.

MP의 소모를 막기 위해 검뼈를 역소환했다. 남은 스켈레톤을 지휘하여 벵갈 부족 궁수를 마무리 지었다.

[경험치가 상승합니다.]
[벵갈 부족 궁수의 이빨(퀘스트)을 획득합니다.]

쓰러진 놈에게 다가가 스킬을 사용했다.

[사체 분해를 시작합니다.]
[진행도…….]
[사체 분해를 마칩니다.]
[벵갈 부족 궁수의 뼈(×1)를 획득합니다.]

뼈가 나왔다.

[벵갈 부족 궁수의 뼈]
특성 : 민첩

특성은 민첩이었다.

마침 성민우도 전사를 처리한 모양이었다.

[경험치가 상승합니다.]
[벵갈 부족 전사의 이빨(퀘스트)을 획득합니다.]

서둘러 전사에게로 향했다.

[사체 분해를 시작합니다.]
[진행도⋯⋯.]

단검이 빠르게 움직였다. 놈의 살을 헤집는다.

[사체 분해를 종료합니다.]
[벵갈 부족 전사의 뼈(×1)를 획득합니다.]

벵갈 부족 전사의 뼈는 힘 특성을 지니고 있었다. 무혁은 곧바로 민첩이 좀 심하게 부족한 검뼈13의 뼈를 벵갈 부족 궁수의 뼈로 교체했다.

[검뼈13의 힘(0.14)이 하락합니다.]
[검뼈13의 민첩(0.36)이 상승합니다.]

힘이 떨어지고, 대신 민첩이 크게 올랐다.

흐음, 그래.

고민하다가 전사의 뼈도 검뼈13에게 줬다.

[검뼈13의 힘(0.14)이 하락합니다.]

[검뼈13의 힘(0.26)이 상승합니다.]

지켜보던 성민우가 말을 걸었다.

"근데 말이야."

"음?"

"뱅갈 부족 특성이 은신이면 사냥이 좀 까다롭겠는데?"

"아무래도 그렇지."

물론 은신을 깨뜨릴 방법은 몇 가지가 있다.

첫 번째로 제대로 된 타격을 한 번 주는 것. 그러면 그 상처에서 나오는 은빛 체액으로 위치를 파악할 수 있다. 조금 전 무혁이 사용했던 방법이지만 처음이 어렵다는 단점이 있다.

두 번째로는 특수 용액으로 만든 액체를 윈드 마법을 이용해 사방으로 뿌리는 것이다. 그 특수 용액이 한 방울이라도 묻게 되면 전신으로 색깔이 번지기에 아주 쉽게 은신한 적을 찾아낼 수 있다. 문제는 은신 특성을 지닌 몬스터를 벌써 만나게 될 줄은 몰랐기에 준비하지 못했다는 것이었다.

안타깝게도 얍베 산맥 몬스터에 대해선 아는 게 거의 없었기 때문이다. 왜냐하면, 얍베 산맥은 초창기에 사라졌었다. 물론 초창기라도 해도 2년 차에 접어들었을 무렵이었지만 아무튼 이전의 기억으로는 얍베 산맥이 사라졌었다.

이유? 당연히 모른다. 유저가 아니라 제국이 나서서 밀어버린 사건이었으니까.

당시에 큰 화제가 되긴 했지만 누구도 진실을 밝혀내진 못했었다.

"방법을 찾아봐야지."

특수 용액이 없긴 하지만 그래도 대체할 길은 있으리라.

잠깐, 진흙이라면…….

진득한 점성을 지닌 진흙 역시 몸에 붙으면 그 흔적이 남게 마련이다. 물로 씻어 내지 않는 이상 아무리 닦아내려고 해도 완벽하게 지워지진 않으니까.

"민우야."

"어?"

"진흙을 만들어 보자."

"진흙?"

"그거 만들어서 윈드로 뿌리면 되지 않을까?"

성민우가 잠시 생각했다. 그리곤 눈을 빛내며 고개를 끄덕였다.

"괜찮겠는데?"

곧바로 진흙 제작에 들어갔다.

"어스, 워터."

먼저 어스가 모래를 허공으로 띄우고 워터가 모래에 물을 부었다. 그렇게 정령을 이용하니 순식간에 상당히 질퍽질퍽한 진흙이 만들어졌다. 손으로 만진 후 강하게 흔들어서 털어봤다.

"호오."

무혁의 입가로 미소가 번졌다. 여전히 묻어 있는 진흙이 보였다. 다시 털어봤지만 역시 진흙은 완벽하게 떨어지지 않았다.

"이 정도면 충분하겠는데?"

진흙이 다 만들어지자 다시 수색을 시작했다.

약 20분 정도가 지났을 무렵.

크르르.

어느새 가까운 거리까지 접근한 벵갈 부족 전사 두 마리와 궁수 한 마리를 발견할 수 있었다. 주변에 나무가 워낙에 많아서 가까이 접근해 오기 전까진 눈치채는 게 어려웠기 때문에 먼저 대비하는 건 거의 불가능했다. 그래도 상관은 없었다.

"윈드!"

이미 준비는 끝난 상황이니까.

무혁이 진흙을 던지자 정령 윈드가 날갯짓을 했다. 윈드로부터 불어온 바람이 진흙을 퍼뜨렸다. 벵갈 부족 전사와 궁수가 은신을 사용했지만 무수하게 흩날리는 진흙을 전부 피할 순 없었다.

이내 윈드의 날갯짓이 멎었고, 허공을 둥둥 떠다니고 있는 진흙을 발견할 수 있었다.

"저기 있네."

무혁과 성민우가 서로를 마주보며 씨익 웃었다.

다시 떠다니는 진흙쪽으로 시선을 돌려 성민우는 정령을, 무혁은 스켈레톤을 지휘했다.

메이지 마법 준비. 강활, 활뼈 연사. 강화뼈, 검뼈 돌진.

무혁도 시위에 화살을 걸었다.

공중에 떠다니는 진흙을 과녁이라 여기며 시위를 놓았다.

파앙!

뻗어 나간 무혁의 화살과 거의 동시에 발사된 뼈 화살이 두 마리 벵갈 부족 전사의 신체 곳곳에 박혔다. 그리고 스켈레톤 메이지와 정령의 마법 공격이 이어졌다.

콰과광!

은신이 무용지물이 된 이상 놈들은 그저 먹기 좋은 경험치 덩어리일 뿐이었다.

앱베 산맥의 중턱을 집중적으로 수색하고 있을 때였다.

['파스칼의 검'이 220골드에 낙찰되었습니다.]
[수수료 10퍼센트를 제외한 198골드를 획득합니다.]
['파스칼의 투구'가 160골드에 낙찰되었습니다.]
[수수료 10퍼센트를 제외한 144골드를 획득합니다.]

경매에 올렸던 검과 투구가 판매되었다.

"민우야."

"어?"

"파스칼 무구 팔렸어. 총 342골드 들어왔네."

그러면서 손을 뻗었다.

[유저 '강철주먹'과 거래를 하시겠습니까?]

[Yes/No]

예스를 선택한 후 177골드를 넘겼다.

"오, 땡큐!"

단번에 170만 원이 넘는 현금을 얻게 되었으니 기분이 안 좋을 수가 없었다.

"크, 이거 환전해서 고기나 먹으러 갈까?"

"고기?"

"어, 요즘 너무 일루전만 하잖아."

확실히 얍베 산맥에 오고부터는 게임에만 너무 몰두한 감이 있었다.

"벌써 5일째야."

"흐음, 그런가."

"좀 쉬어줘야지."

확실히 수긍이 갔다.

하긴……. 현재 모인 벵갈 부족의 이빨만 무려 263개였다. 전사와 궁수, 가끔 나오는 마법사까지 한 번에 여러 마리가 나타난 덕분에 이렇게 모을 수 있었다. 물론 놈들의 특성인 은신을 무용지물로 만들어 쉽게 처리한 부분도 컸다.

"지금 경험치 얼마냐?"

"난 92퍼센트."

"난 95퍼센트거든."

"와우."

"레벨1만 올리고 나가자, 그럼."

"진짜지?"

"그래."

지금이 점심시간이니 저녁이 되기까지 1레벨은 충분히 올리고도 남았다.

마침 몬스터가 등장했다. 벵갈 부족 전사 두 마리, 벵갈 부족 궁수 두 마리, 벵갈 부족 마법사 한 마리 총 5마리였다.

먼저 진흙이 사방으로 뿌려졌다. 이후 강화뼈는 정면으로, 검뼈는 사방으로 흩어져 놈들을 넓게 포위한 상태로 거리를 조금씩 좁혔다.

그 와중에 무혁의 좌우에 자리를 잡은 스켈레톤 아처가 뼈 화살을 날렸다.

팡! 파바방!

성민우의 정령 역시 기민하게 움직였다. 윈드는 강화뼈를 보조하거나 공격을 시도했고, 어스는 주변 모래를 솟아오르게 만들어 움직임을 방해하거나 주먹을 날려 타격을 입혔다. 파이어와 워터는 마법사를 견제했다.

검뼈들은 사방에서 포위망을 좁혀갔다. 은신을 사용해도 벗어날 수가 없으니 놈들로서는 할 수 있는 게 없었으리라.

어느새 한곳에 모두 모이게 되는 사태가 벌어졌고 그 순간을 노리고 날아든 스켈레톤 메이지의 마법이 연쇄적으로 터지며 강력한 폭발을 만들어냈다.

콰과과광!

물론 벵갈 부족은 그것만으로 죽지 않았다. 도망칠 곳이 없다는 것을 알았는지 더욱 맹렬하게 반격했다.

키아아아악!

궁지에 몰린 쥐를 마무리하는 게 더 어려운 법이다. 절대 틈을 주지 않아야 한다.

벵갈 부족의 반항에 스켈레톤들이 상당한 피해를 입었지만, 무혁은 자잘한 피해에 의미를 두지 않았다. 중요한 건 승리하는 것이다. 어차피 사냥이 끝나고 나면 충분한 휴식이 주어지기에 전투에서의 상처는 그리 대수롭지 않았다.

　그런 치열한 공방이이 얼마나 이어졌을까, 결국 벵갈 부족 궁수 한 마리가 고꾸라졌다.

[경험치가 상승합니다.]
[벵갈 부족 궁수의 이빨(퀘스트)을 획득합니다.]

　궁수를 처리하고 나자 속도가 붙었다. 전사가 쓰러지고.

[경험치가 상승합니다.]
[벵갈 부족 궁수의 이빨(퀘스트)을 획득합니다.]

　다음엔 마법사가 쓰러졌다. 그리고 마지막까지 버티며 발악하던 벵갈 부족 궁수와 전사가 결국 물량 공세를 버티지 못하고 쓰러지고 말았다.

　벵갈 부족 전사가 회색으로 물드는 순간 빠르게 달려간 무혁이 자세를 취했다.

　"사체 분해."

　어느새 손에 들린 단검이 놈의 피부를 갈랐다.

[사체 분해를 시작합니다.]
[진행도······.]

[사체 분해를 종료합니다.]
[벵갈 부족 전사의 뼈(×1)를 획득합니다.]

그사이 나머지 녀석들이 사라졌다.

아, 젠장.

아쉬움에 입맛을 다시며 몸을 일으킨 무혁이 강활2의 뼈를 교체했다.

[강활2의 체력(0.14)이 하락합니다.]
[강활2의 힘(0.36)이 상승합니다.]

체력이 떨어지고, 힘이 상승했다.

좋아.

만족하며 다시 수색을 이어 나갔다.

그 날 저녁, 무혁은 레벨 하나를 올려 71을 만들었다.

"나가서 보자."

"그래."

약속을 잡고 로그아웃을 했다.

치이익.

캡슐에서 나온 무혁은 일단 기지개부터 켰다. 양손을 머리 위로 올린 후 고개를 들어 천장을 바라봤다. 허리가 쫘악 펴지면서 굳었던 몸에 활력이 돌았다.

"으, 으으……!"

시원한 물을 한 잔 마시고 외출 준비를 했다. 막 옷을 갈아입고 휴대폰을 확인하니 깨톡이 도착해 있었다.

[아직 던전이세요?]

유라였다.

[아뇨, 구해야 할 물건이 있어서 얍베 산맥에서 수색 중이에요.]

오른쪽에 있던 읽음 표시가 사라졌다.

[아, 이제 나오셨나 봐요.]
[네, 친구랑 저녁이나 같이 먹으려고요.]
[친구분이라면…….]
[전에 탑에서 봤던 그 녀석이요.]

읽음 표시가 사라졌지만, 답장은 오지 않았다.

바쁜가?

휴대폰을 주머니에 넣고 집을 나섰다. 차를 몰고 약속했던 장소인 홍대로 향했다.

젊은 사람들이 북적거리는 장소, 있는 것만으로도 청춘의 열기를 느낄 수 있는 그 거리가 참으로 보기가 좋았다.

나도 한때는 저랬지······.

지금 무혁의 나이가 서른, 일주일만 지나면 해가 넘어가게 된다.

물론 정신적으로는 더 성숙했다. 전신마비로 7년을 넘게 지냈으니 당연한 일이었다. 그 세월까지 더한다면 이미 마흔에 가까운 나이였다. 갑자기 허탈한 기분이 들었다.

뭐, 그런 거지.

목적지에 도착했다. 고기 집 왼쪽에 있는 넓은 주차장에 차를 세웠다. 이후 식당으로 들어가 자리를 잡았다.

"몇 분이세요?"

"두 명이요."

아직 도착하진 않았지만 금방 도착하리라.

시간을 때우기 위해 휴대폰을 꺼냈다.

어, 깨톡 왔네.

유라가 보낸 메시지를 확인했다.

[저도 배고픈데 같이 먹어노 돼요?]

[답장이 늦으시네요.]

약 10분 전에 온 깨톡이었다.

[죄송해요. 운전하고 있었어요. 그런데 같이 밥을 먹자고요?]
[네, 안 되나요?]
[아니, 뭐. 그런 건 아니지만……]

무혁은 잠시 생각하다 눈을 빛냈다.

[흐음, 그러면 이렇게 하죠.]
[어떻게요?]
[친구 한 명 데려오실 수 있으세요?]
[네?]
[죄송한데, 사실 제 친구가 외로움을 좀 타서요.]
[아, 그래요? 친구라…… 알겠어요!]

긍정적인 대답이었다.

[바로 오세요. 여기 위치가 홍대……]
[네, 금방 갈게요.]

깨톡을 끝내는 순간 성민우가 들어왔다.

호랑이도 제 말 하면 온다더니.

"좀 늦었지?"

"아니."

"주문은?"

"아직."

그가 맞은편에 앉은 무혁의 음흉한 미소를 바라보며 고개를 갸웃거렸다.

"왜 웃어? 크리스마스이브에 남자끼리 보는 게 그렇게도 좋냐?"

"음, 네 말엔 오류가 있어."

"오류?"

"그래."

"갑자기 무슨 소리야?"

"남자끼리라니."

성민우가 고개를 갸웃거렸다.

"그럼 남자끼리지. 뭐 여자라도 있냐?"

"어, 불렀어."

"뭐? 여, 여자를 불렀다고?"

"어."

"누, 누구? 아니, 몇 살인데?"

"비밀이야. 오면 직접 봐."

유라와 그녀의 친구라는 사실을 밝힌다면 아마 기함을 금치 못할 것이다. 하지만 그것보다 더 놀라게 만드는 방법은 말하지 않고 숨겼다가 직접 보여주는 것이다.

"아, 궁금하잖아."

"그러니 직접 봐."

"으으, 그래! 그래도 대박이다, 대박! 역시 네가 내 진정한 친구다!"

"이런 거로 진정한 친구라니."

"뭐든 간에! 참, 이럴 때가 아니지. 진작 말해줬으면 조금 더 신경 쓰고 나왔을 텐데."

"나도 지금 막 연락한 거야."

"쩝, 어쩔 수 없지. 일단 화장실 가서 내 상태 좀 보고 와야겠다."

"주문은?"

"알아서 시켜."

성민우가 화장실로 사라진 다음 무혁은 점원을 불러 삼겹살과 목살을 주문했다.

"소주도요."

"네, 손님!"

숯이 나오고 불판이 놓였다. 밑반찬과 고기가 등장할 무렵이 되어서야 성민우가 화장실에서 돌아왔다.

"뭐 이렇게 오래 걸려."

"머리 좀 만진다고. 어때?"

그를 뚫어지게 쳐다봤다.

"어떠냐고?"

"어, 좀 괜찮냐?"

"똑같아, 인마."

성민우도 이미 그런 말을 예상했는지 무혁의 말에는 신경도 쓰지 않고 휴대폰 액정만 뚫어지게 쳐다봤다. 검은색 화면을 거울삼아 자신의 얼굴을 이리저리 살피는 것이었다.

"아, 근데 예쁘냐?"

"음, 아마도?"

"아마도라니. 확실하게 말해야지."

"너무 기대는 하지 말고."

무혁은 일부러 기대감을 낮추려 애썼다.

그래야 더 놀라겠지.

잠시 후를 생각하니 다시 웃음이 터졌다.

"왜 그래?"

"아무것도 아니야."

대화를 나누며 고기를 구웠다.

드드드.

휴대폰 진동에 깨톡을 확인했다.

[저 도착했어요.]

무혁이 고개를 들었다.

"왔대."

"지, 진짜?"

"어."

성민우가 헛기침을 하며 자세를 바로잡았다.

그 순간 식당의 문이 열리고.

딸랑.

종소리와 함께 두 사람이 등장했다. 유라와 그녀 못지않게 아름다운 한 명의 여인이었다.

하루 종일 사냥에 집중을 못하는 성민우였다.

"정신 안 차리고 자꾸 뭐 하냐?"

"아, 미안……."

"그렇게 마음에 들었냐?"

"어, 진짜 천사가 내려온 줄 알았다. 어떻게 사람이 그럴 수가 있지? 유라 씨보다 더 예쁜 것 같더라니까. 근데 도대체 어떻게 유라 씨랑 친해진 거야? 전에 보니까 완전 원수가 따로 없던데."

"뭐, 어쩌다 보니……."

"미운 정이구나……. 미운 정."

"그런가."

"미운 정이 더 무서운 법이야. 너 그러다가 오빠 되고 남편 되겠다."

"자식이 헛소리는. 됐고, 어서 수색이나 도와."

"예! 알겠습니다!"

장난치는 성민우를 보며 고개를 저었다.

하긴, 뭐…….

어제 함께 고기를 먹고 술을 마시면서 무혁은 유라와, 성민우는 유라의 친구인 한소연과 꽤 많이 친해졌다. 술자리가 끝나고 나서 전화번호도 주고받을 수 있었다.

5년이란 세월을 솔로로 지냈으니 성민우가 들뜨는 것도 이해가 되었다.

난 10년이지만…….

잡념을 지우고 눈앞에 있는 거대한 돌을 밀었다.

"흐읍……!"

하지만 움직이지 않았다.

"이거 좀 도와줘."

"그걸 밀게?"

"어."

"너무 크잖아. 힘들 것 같은데……."

"그런가?"

수긍한 무혁이 스켈레톤을 소환했다.

강화뼈, 검뼈 전원 돌진.

소환된 스켈레톤 전원이 거대한 돌과 부딪혔다.

쿠웅.

소리와 함께 돌이 흔들렸다.

"오, 좋아!"

스켈레톤을 뒤로 물린 후 다시 돌진을 명령했다.

"좀 부족하네."

지켜보던 성민우가 정령을 소환하여 힘을 보탰다. 마지막에는 성민우와 무혁도 지휘만 내리는 것이 아니라 함께 달려들었다. 결국, 버티지 못한 돌이 뒤로 밀려났다.

"어?"

어둠으로 가득한 구멍을 발견한 순간, 떠오른 메시지가 시야를 가득 채웠다.

[퀘스트 '그로이언의 유품'이 발동됩니다.]

설마 숨겨진 장소를 산맥의 중턱에서 발견할 거라곤 생각도 하지 못했다. 사실 꼭대기까지 뒤져도 발견되지 않을 것 같아 내려오면서 다시 한번 살펴볼 생각을 하고 있었다.

그런데 발견한 위치가 거대한 돌 아래라니……

생각해 보면 이 돌을 찾는 것부터가 결코 쉬운 일은 아니었다. 산맥에 난 길을 따라 움직여선 절대 발견할 수 없는 외진 곳이었으니까.

게다가 길이 없는 곳을 걷다 보면 여기가 저기 같고, 또 저기가 여기 같은 기분이 들게 마련이다. 철저한 수색을 위해 장소마다 다른 표식을 해두지 않았더라면 무혁도 이곳을 발견하지 못했을 것이다.

사실 발견해도 문제다. 이 무거운 것을 어떻게 옮기겠는가. 적어도 스무 명의 유저가 함께 힘을 합쳐야 하는데. 무혁도 소환수와 성민우의 정령이 없었다면 결코 옮기지 못했을 것이다.

"이거 맞지?"

성민우의 물음에 고개를 끄덕였다.

"어, 맞아."

"와, 진짜 힘들었는데. 사실 발견 못 하면 어떡하나 싶었거든."

"그러게."

"근데 나도 퀘스트가 떴네?"

"그래? 잠깐만."

일단 퀘스트를 확인했다.

[그로이언의 유품]

[그로이언의 유품이 잠들어 있다. 허락된 자만이 길을 찾을 수 있을 것이다. 허락되지 못한 자, 스스로를 증명하라. 증명하지 못한 자, 영원히 길을 잃으리라.]

[성공할 경우 : ?]

[실패할 경우 : ?]

문구부터가 으스스했다.

증명하지 못한 자, 영원히 길을 잃는다? 설마 진짜로 길을 잃고 헤매는 것은 아닐 것이다. 간단하게 자살만 해도 근처 마을이나 왕국의 신전으로 귀환될 테니까. 그렇다면 다른 의미로 쓰였다는 것인데 그걸 짐작하기가 어려웠다.

"흐음, 일단 같이 들어가 볼까."

"나까지?"

"어, 여기 있는 것도 좀 그렇잖아."

성민우도 고민했다. 문구의 말이 마음에 걸리는 탓이리라.

"그래야겠지?"

그래도 함께 들어가는 게 최선이었다. 혼자 산맥을 내려가는 것도 어려운 일이었고 그러다 죽어버리면 24시간을 접속하지 못하게 되니까.

"나부터 간다."

"오케이."

어둠의 공간으로 발을 내디뎠다.

시원한데?

일단 느껴지는 건 차가운 공기였다.

"으, 추운데?"

"시원하고 좋구만."

"그보다 너무 어두워."

"기다려 봐."

조금 시간이 지나니 어둠에 눈이 적응하면서 주변이 보이기 시작했다.

"저기."

"어, 철문이네."

그제야 저 멀리 벽의 끝에 작은 철문이 있음을 발견할 수 있었다.

그곳으로 향한 두 사람은 서로를 바라보다 문을 향해 손을 뻗었다.

[허락된 자, 길을 찾으리라.]

무혁에게 떠오른 메시지였다.

[허락되지 못한 자, 스스로를 증명하라.]

반대로 성민우에게는 다른 메시지가 떠올랐다.

화아악.

그 순간 뿜어진 빛이 두 사람을 휘감았다.

눈을 뜬 무혁은 성민우가 옆에 없음을 깨달았다. 아마도 문구의 글귀대로 두 사람이 나뉜 것이리라.

이미 무혁은 그로이언의 아이템을 두 개나 가지고 있어서 아마도 허락된 자의 공간으로 들어온 것일 터였다. 반대로 성민우는 그런 것이 없으니 스스로를 증명하기 위한 여정에 올랐을 확률이 높았다.

잘하겠지.

성민우는 약하지 않다. 동레벨의 유저와 비교한다면 오히려 꽤 많이 강하다고 볼 수 있었다.

자, 그러면…….

무혁은 서둘러 길을 찾기로 했다.

저벅.

걸음을 옮기며 좁은 길목을 살폈다.

몬스터라도 나타나려나……. 아니면 함정?

혹시 숨겨진 장소가 또 있는 건가?

여러 가지 경우의 수를 생각하며 일단 앞으로 나아갔다.

길의 끝에 도달한 후 별다른 게 없다면 숨겨진 장소가 있다는 소리일 테니, 그때부터 본격적인 수색을 펼치면 된다.

그런 생각을 하며 계획을 세우던 무혁의 표정이 찌푸려졌다. 갈림길이 나타난 것이다.

아, 이런 거였어?

정말 단순했다. 말 그대로 길을 찾아야 하는 것이니까.

어디로 가야 하나.

고민하던 무혁의 눈에 희미한 불빛 하나가 들어왔다. 착각은 아니었다. 지금도 새하얀 불빛이 왼쪽 길 끝에서 유혹하듯 일렁거리고 있었다.

무혁은 불빛을 보면서 퀘스트 내용을 다시 한번 떠올렸다.

'길을 찾으리라'라는 말은 어쩌면 저 불빛을 따라가라는 소리가 아닐까.

고민을 길게 할 수 없었다. 불빛이 조금씩 희미해지고 있었다. 서둘러 이동했다.

왼쪽 길로 들어선 순간 불빛이 완전히 사라졌다. 잠깐 멈칫했으나 상관없다고 여기고 다시 걸음을 내디뎠다.

이후로도 계속 갈림길이 나타났는데 그때마다 불빛이 나타나 무혁을 유혹했다. 이미 불빛을 따라온 상태다 보니 고민 없이 불빛이 있는 길로 들어섰다.

오른쪽, 왼쪽, 다시 왼쪽, 이번에는 오른쪽……. 그렇게 일곱 번의 갈림길을 지나쳤다. 마지막 갈림길의 끝에서 상자를 발견할 수 있었다.

두근.

벌써부터 가슴이 떨렸다.

어떤 아이템일까?

기대하며 상자를 열었다.

[퀘스트 '그로이언의 유품'을 클리어합니다.]
[아이템 '그로이언의 벨트'를 획득합니다.]
[퀘스트 '그로이언의 시험'으로 이어집니다.]

메시지와 함께 새로운 장소로 이동이 되었다.
먼저 퀘스트부터 확인했다.

[그로이언의 시험]
[그로이언의 물건을 가진 자여, 시험을 치러 봉인을 풀라.]
[성공할 경우 : 벨트의 봉인 해제, 그로이언 유품에 관한 힌트.]
[실패할 경우 : 그로이언의 유품 봉인 해제 불가. 재시도 불가.]

예상대로였다.
고개를 들어보니 전방에 연무장이 보였다. 그 위에 석상 세
개가 놓여 있었다.
이번에는 세 개야?
저 세 개의 석상과 싸워서 이기는 것이 시험일 터였다.
그 시험을 통과하면 봉인이 풀릴 것이고 제대로 된 그로이
언의 유품을 손에 넣을 수 있으리라. 하지만…… 세 개의 석상
을 과연 이길 수 있을까?
그런 생각을 하고 있는데 뒤늦게 떠오른 메시지가 무혁의

눈길을 사로잡았다.

[모든 아이템 및 스킬이 제한됩니다.]
[그로이언 아이템 및 그로 인한 세트 효과는 유효합니다.]

아이템과 스킬의 제한은 이미 알고 있었지만……
"오호?"
두 번째 메시지는 처음 보는 것이었다.
그 내용에 절로 감탄이 터졌다.
세트 효과는 유지된다는 말은 윈드 스텝을 사용할 수 있다는 소리였다. 윈드 스텝만 있다면 석상 세 개 정도는 문제가 되지 않는다.
그제야 길을 찾을 것이라는 그 문구가 윈드 스텝을 의미하고 있었음을 깨달았다.
걸음을 옮겨 연무장에 올랐다.

['그로이언의 시험장'을 발견합니다.]
[시험의 자격을 확인합니다.]
['그로이언의 벨트'가 반응합니다.]

벨트에서 빛이 뿜어지더니 중앙에 놓인 석상 세 개를 감쌌다. 굳어 있던 석싱이 눈을 뜨더니 무혁을 무섭게 쳐다봤다.

-그로이언의 유품을 가진 자여.

기묘한 목소리가 울려 퍼진다.

-자격을 시험하겠다. 받아들이겠는가?

그 물음에 답했다.

"받아들인다."

그러자 이번에는 무혁의 몸에서 빛이 뿜어지더니 석상을 휘감았다.

[당신의 레벨(71)을 확인합니다.]
[석상이 동일한 레벨 수준으로 맞춰집니다.]
[스킬이 봉인됩니다.]
[아무런 능력이 없는 검과 방패가 착용 됩니다.]

석상 세 개가 다가왔다.

-증명하라, 너의 자격을.

동시에 달려드는 세 개의 석상은 그 자체만으로도 꽤 위압

적이었지만 무혁의 얼굴엔 미소가 가득했다.

확신이 있었기 때문이다.

후우웅.

대검이 날아오는 것을 빤히 바라보며 스킬을 사용했다.

윈드 스텝.

세상이 느려졌다. 아래로 떨어지는 대검 역시 참으로 느렸다. 무혁은 천천히 움직였다. 아직 느려진 세상에 적응하지 못한 신체가 잠시 삐거덕거린다.

그럼에도 대검 정도는 여유롭게 피할 수 있었다. 이후 가장 키가 큰 석상의 뒤로 이동해 아무런 능력이 없는 검을 휘둘렀다.

카가각!

절삭력이 높아지긴 했지만 그래도 한 번에 파괴할 순 없었다.

단단한데?

MP가 그리 여유롭지 못하기에 서두를 필요가 있었다.

움직이는 놈들을 피하면서 방금 가격했던 석상을 재차 공격했다. 돌과 쇠가 부딪히면서 불꽃이 크게 튀었다. 무혁은 다시 한번 검을 휘두른 후 뒤로 물러났다.

같은 부위를 노려야 돼.

어느새 석상 하나가 무혁에게 달려들었다.

왼쪽.

윈드 스텝이 자연스럽게 무혁을 인도했다. 키가 큰 석상이 보였다. 타격했던 부위를 유심히 살펴보며 놈을 지나쳤다.

카강!

소리가 달랐다. 다시 움직여 같은 부위를 공격했다.

크그극.

검이 박혀 버렸다. 힘을 줘서 뽑은 후 다시 휘둘렀다.

그제야 키가 큰 석상의 다리 하나를 부서뜨릴 수 있었다. 뒤로 멀찍이 물러난 무혁이 윈드 스텝을 종료한 후 석상을 지켜봤다.

한쪽 다리를 잃은 석상이 몸을 일으켰지만 이내 균형을 잡지 못하고 넘어졌다. 계속 그 행동을 반복하고 있었다.

좋아, 한 마리는 됐고.

전투가 어려워진 키가 큰 석상은 나중에 천천히 요리하면 되었다. 그러니 지금은 나머지 두 마리 석상의 다리를 부서뜨릴 차례였다.

윈드 스텝.

다시 스킬을 사용해 두 마리 석상에게 다가갔다.

카각, 카가각!

같은 방법으로 석상을 제압하기 시작했다.

잠시 후 세 마리 석상이 바닥에 쓰러졌다. 계속 일어나려고 했으나 한 걸음도 이동하지 못하고 다시 쓰러지기를 반복했다.

"후우."

안도하며 MP를 확인했다.

119……. 조금만 더 늦었어도 위험했으리라.

무혁은 천천히 거리를 좁힌 후 석상 한 마리의 남은 다리를 공격했다. 놈이 일어나려고 하면 멀어졌다가 넘어지면 다시 접근해서 같은 부위를 노렸다.

그렇게 몇 번 검을 휘두르니 남은 다리마저도 부서졌고, 석상은 상체만 남은 채 허우적거렸다.

[110의 대미지를 입힙니다.]
[111의 대미지를 입힙니다.]

그런 석상의 온몸을 가리지 않고 몇 번 더 공격하자, 퍼석 소리와 함께 전신이 가루가 되며 석상이 사라졌다.

한 마리를 처리하고 다음 석상으로 이동했다. 같은 방법으로 다리를 부서뜨리고 전신을 공격했다. 남은 한 마리도 마찬가지 방법으로 처리했다.

['그로이언의 시험'을 통과했습니다.]
['그로이언 벨트'가 반응합니다.]
[아이템에 깃든 봉인의 힘이 사라집니다.]

시험이 끝났다. 그 순간 뿜어진 빛이 만족스러운 미소를 짓고 있는 무혁과 그 주변을 삼켰다.

번쩍.

눈을 뜨니 얍베 산맥의 중턱이었다.

"왔냐?"

"어?"

성민우가 보였다.

성민우가 무혁을 보고 웃으며 무언가를 꺼내 들었다.

"득템했다."

"목걸이?"

"어, 옵션 죽인다."

무혁이 목걸이를 건드렸다.

옵션 확인.

[아칸의 목걸이]

공격력 13

물리 방어력 7

힘 +6

HP 회복률(20) 상승

내구도 100/100

사용 제한 : 아칸의 시험을 통과한 자

무혁의 눈이 커졌다.

"아칸의 목걸이……?"

"어, 끝내주지?"

"엄청 좋기는 한데. 이거 어떻게 얻은 거야?"

성민우가 상황을 설명해 줬다.

"시험은 통과했는데 그로이언의 유품을 획득할 자격은 안 된다고 나오더라고. 그래서 대신 그로이언의 친우라는 아칸의 유품을 주던데?"

"그로이언의 친우?"

"어, 그 유품이 이거고."

"아아……."

"너는?"

"나도 얻었어."

"뭔데?"

무혁이 벨트를 꺼냈다.

"이거야?"

"어, 볼래?"

"당연하지."

성민우가 벨트에 손을 올렸다.

참, 나도.

무혁도 옵션을 확인해 봤다.

[그로이언의 벨트]

지혜 +7

힘 +5

체력 +5

MP 회복률(35) 상승

내구도 120/120

사용 제한 : 그로이언의 시험을 통과한 자

역시 기대를 충족하고도 남았다.

지혜가 7이나 올랐고 MP 회복률은 무려 35나 상승했다. 힘과 체력이 5씩 붙어서 반지나 팔찌보다 훨씬 유용했다.

정말 만족스러웠다.

"허얼⋯⋯."

성민우도 크게 놀란 표정이었다.

"옵션이 장난이 아닌데?"

"네 목걸이도 엄청나."

"크크, 맞아. 이건 진짜 대박이다. 난 그냥 도와주려고 했던 건데⋯⋯."

"네 운이지. 그리고 그 유품, 더 있을 수도 있어."

"안 그래도 다음 유품이 있다는 지도를 받았어."

"아, 그래?"

"어, 천천히 찾아봐야지."

그로이언의 스킬이 MP를 워낙 많이 소모하기에 아이템마다 회복률이 큰 수치로 붙어 있었다.

아칸의 경우에는 목걸이의 옵션을 보아하니 아마도 전형적인 근접형 직업이었을 가능성이 높았다.

"그거 찾으면 세트 효과도 있을걸?"

"대박!"

성민우의 환호를 바라보며 웃었다.

그럼 착용을 해볼까.

벨트를 허리에 둘러맸다.

['세트 효과(3)'가 발동됩니다.]

['그로이언의 반지'가 성장합니다.]

['그로이언의 팔찌'가 성장합니다.]

['그로이언의 벨트'가 성장합니다.]

이번엔 어떤 효과일까.

그리고 또 얼마나 성장했을까.

기대에 부푼 채 확인했다.

먼저 아이템부터.

[그로이언의 벨트(성장)]

지혜 +8

힘 +6

체력 +6

MP 회복률(55) 상승

내구도 120/120

사용 제한 : 그로이언의 시험을 통과한 자

　벨트의 경우 지혜, 힘, 체력이 1씩 상승했고 MP 회복률은 20이나 증가했다. 이미 팔찌와 반지를 착용하고 있어 성장도가 큰 모양이었다.

　팔찌를 빼니 MP 회복률이 10이 줄어들었고 힘과 체력의 증가분도 사라졌다. 반지까지 빼버리니 지혜와 남은 MP 회복률 10이 사라졌다. 두 가지를 모두 착용하니 다시 벨트의 옵션도 좋아졌다.

[그로이언의 팔찌(성장)]

지혜 +7

지식 +3

MP(110)

MP 회복률(45) 상승

내구도 110/110

사용 제한 : 그로이언의 시험을 통과한 자

팔찌는 지혜가 1, MP 회복률은 5가 상승했고.

[그로이언의 반지(성장)]

지혜 +9

지식 +3

MP(100)

MP 회복률(40) 상승

내구도 100/100

사용 제한 : 그로이언의 시험을 통과한 자

반지는 팔찌와 동일하게 상승했다.

이번엔 세트 효과를 확인할 차례였다.

[그로이언의 세트 효과(3)]

1. 윈드 스텝

2. 풍폭

두 번째 효과는 '풍폭'이었다.

풍폭?

궁금증을 안고 효과를 확인했다.

[풍폭]

그로이언이 사용한 비기로 바람을 압축하는 힘이다. 충격을 받으면 압축된 바람이 터진다. 한 번 사용에 200의 MP가 소모되며 충격을 받아 터질 경우 물리 공격력×180%에 달하는 추가 대미지를 입힌다.

사실 설명만으로는 이해가 잘되지 않았다.

압축하여 터뜨린다?

무엇보다 짜증이 나는 건 MP의 소모량이었다.

하아, 200이라니.

하지만 미간의 찌푸림도 잠시, 이어지는 설명에 눈이 커졌다. 폭발할 경우 추가 대미지를 입힌다는 문구 때문이었다.

보통 스킬의 경우에는 설명이 저런 식으로 나오지 않는다. 그건 강력한 활쏘기만 봐도 쉽게 알 수 있었다.

[강력한 활쏘기 5Lv(76%)]

궁수의 기본이 되는 스킬로 개량되어 잠재력이 높아졌다.

-기본 대미지×160%

-소모 MP : 15

-쿨타임 : 10초

강력한 활쏘기의 대미지는 기본 대미지의 160퍼센트다. 무혁의 공격력이 100이라면 강력한 활쏘기로 적을 맞출 경우 160의 대미지를 입히게 되는 것이다.

하지만 풍폭에 적혀 있는 것은 '추가 대미지'였다. 즉, 무혁의 공격력 100에다가 180퍼센트에 달하는 수치가 추가로 들어간다는 뜻이다. 강력한 활쏘기처럼 여타의 스킬로 표현하자면 기본 대미지의 280퍼센트라고 볼 수 있었다.

물론 세트 효과이기 때문에 레벨의 상승은 없다. 그렇기에 퍼센트의 수치가 더는 상승하지 못하고 고정되는 것이다.

그 점이 조금 아쉬웠지만, 이것만으로도 충분히 대단하다고 볼 수 있었다.

그래, 이 정도면 대단하지.

그렇게 생각하는 순간이었다.

잠깐……!

문득 풍폭의 활용법이 언뜻 머리를 스치고 지나갔다.

서, 설마……?

경악하며 서둘러 움직였다.

"야, 어디 가?"

"아, 이, 일단 따라와 봐."

"왜 그래?"

성민우가 급히 앞서가는 무혁을 쫓았다. 얼마 가지 않아 벵갈 부족 전사 한 마리를 만날 수 있었는데 놈을 발견한 무혁이 흥분으로 얼룩진 표정으로 시위에 화살을 걸었다.

풍폭.

['풍폭'을 화살에 적용합니다.]

[MP(200)가 소모됩니다.]

바람이 불어오는 느낌이 들었다. 착각이 아니었다. 눈에 선명하게 보일 정도의 회오리가 지금 화살촉에 모여들고 있었다.

강력한 활쏘기……!

꿀꺽.

긴장된 마음으로 시위를 놓았다.

"도대체 뭐……."

뒤늦게 도착한 성민우가 미처 말을 다 끝맺기 전에 쏘아진 화살이 뱅갈 부족 전사의 가슴에 명중했다.

화살의 촉이 놈의 살점을 파고들었고.

콰아앙!

그 순간 압축됐던 바람이 터져 나갔다.

[320의 대미지를 입힙니다.]

[576의 추가 대미지를 입힙니다.]

[특수 상태 이상 '과다출혈'이 발동됩니다.]

놀란 성민우가 뒷걸음질 쳤고.

"흐, 흡. 뭐야!"

뱅갈 부족 전사는 고통에 절규하며 무혁에게 달려들었다.

은신을 사용했는지 그 모습이 사라졌음에도 무혁은 넋을

놓은 채 자리를 가만히 지킬 뿐이었다.

"야, 뭐 해?"

다급히 앞으로 달려든 성민우가 정령을 소환하여 무혁을 보호했다.

카가가각!

정령 어스와 은신한 벵갈 부족 전사가 부딪쳤다.

덕분에 모습이 드러난 녀석을 확인한 성민우가 서둘러 나머지 세 마리 정령을 지휘했다.

"흐아아앗!"

물론 스스로도 움직여 놈을 압박했다.

"아……?"

기합 소리에 정신이 든 것일까.

"하, 하하."

갑자기 웃음을 터뜨렸다. 그럴 수밖에 없었다.

현재 무혁의 대미지가 281이고 벵갈 부족 전사의 방어력은 80, 그래서 200의 대미지가 놈에게 들어가게 되는데 강력한 활쏘기를 사용했으니 160퍼센트라는 대미지가 적용되어 320의 대미지를 입히게 된 것이다. 이것이 처음 뜬 메시지의 정체였다.

하지만 그게 끝이 아니었다. 강력한 활쏘기가 적용된 320의 대미지에 풍폭이 적용되어 576의 추가 대미지가 들어간 것이다. 이게 바로 두 번째 메시지의 정체였다. 추가로 과다출혈까지…….

[과다출혈]

상처가 치유되기 전까지 초당 20의 HP가 줄어든다.

이것이 바로 세 번째 메시지의 정체였다.

한 번의 공격으로 무려 896의 대미지를 줬으며 또한 특수 상태 이상까지 걸어버린 것이다.

그러니 웃을 수밖에…….

스킬에 또다시 스킬을 더하는 것은 더할 나위 없는 대박이었으니까.

"뭐 해? 안 돕고!"

성민우의 외침에 정신을 차렸으나 문득 또 다른 궁금증이 생겨 버렸다.

새롭게 얻게 된 풍폭이 윈드 스텝에는 과연 어떻게 적용이 될까?

궁금증을 확인하기 위해 활을 인벤토리에 넣고, 검과 방패를 꺼낸 후 윈드 스텝을 사용하여 느려진 세상을 질주했다.

순식간에 벵갈 부족 전사의 뒤를 잡은 무혁이 검날에 풍폭을 적용했다.

회오리처럼 빠르게 돌아가는 바람이 검을 휘감았다.

그 상태로 벵갈 부족 전사를 지나치며 검을 휘둘렀다. 서걱하는 손맛과 함께 거대한 폭발이 일어났다.

[182의 대미지를 입힙니다.]
[326의 추가 대미지를 입힙니다.]

이미 과다출혈이 걸려 있는 상태라 다시 걸렸다는 메시지는 뜨지 않았지만, 그저 가볍게 휘두른 검격만으로 500이 넘는 대미지를 입혔다.

MP가 200이나 소모된다는 단점이 있지만, 효과는 그야말로 확실했다.

끝내주는데?

다시 놈에게로 돌아가 검을 휘둘렀다.

[181의 대미지를 입힙니다.]
[183의 대미지를 입힙니다.]
[182의 대미지를 입힙니다.]

무혁의 공격을 받은 벵갈 부족 전사가 포효했다.
놈의 등 뒤에 자리를 잡고 풍폭을 사용했다.

[크리티컬이 터집니다.]
[266의 대미지를 입힙니다.]
[478의 추가 대미지를 입힙니다.]

크리티컬이 터진 덕분에 총합 744의 대미지가 들어갔다.

무혁 본인도 어이가 없는지 실소를 터뜨렸다. 풍폭의 위력이 너무 대단한 까닭이었다.

물론 동레벨 근접 유저들이 스킬을 사용하면 더 적은 MP로 더 큰 대미지를 낼 수 있다. 그리고 스킬을 연계해 끝없이 추가적인 피해를 입힐 수도 있었다.

하지만 무혁은 네크로맨서가 아닌가.

스켈레톤을 소환하지 않은 무혁의 전투를 본다면 누구라도 특수한 직업을 얻은 근접 전투 직업의 유저라 생각할 것이 분명했다. 그 정도로 신위가 대단했다.

다시 움직여 벵갈 부족 전사를 유린했다. 곳곳에 상처를 입혔다. 머뭇거림도 망설임도 없는 과감한 손놀림이었다.

쿠웅.

더 이상 버티지 못한 벵갈 부족 전사가 앞으로 고꾸라졌다.

[경험치가 상승합니다.]
[벵갈 부족 전사의 이빨(퀘스트)을 획득합니다.]

무혁은 쓰러진 놈에게 다가갔다.

무릎을 굽히고 앉아 스킬을 사용했다.

"사체 분해."

단검을 쥔 손이 자연스럽게 움직였다.

서걱.

피부를 가르고 뼈를 뽑아내는 것이다.

[벵갈 부족 전사의 뼈(×1)를 획득합니다.]

일단은 인벤토리에 넣었다.

"으차."

몸을 일으키니 성민우가 미간을 찌푸린 채 쳐다보고 있었다.

"어떻게 된 거야?"

"아, 그로이언 유품 덕분에 세트 효과를 얻었는데 스킬이더라고. 그걸 좀 시험해 본다고……."

"하아, 그 터지는 거?"

"어."

"말 좀 하고 움직여, 인마. 놀랐잖아."

솔직히 변명할 여지가 없는 무혁의 잘못이었다.

"미안."

그 담백한 사과에 성민우가 한숨을 쉰다.

"에휴, 다음부턴 그러지 말라고."

"그래, 알았어."

"그럼 이만 내려가자."

둘은 함께 얍베 산맥을 내려갔다. 최대한 몬스터를 피했지만 어쩔 수 없는 경우에는 전력을 다해 사냥했다.

그렇게 초입까지 내려온 이후로는 편했다. 초입은 워낙에 넓어서 조금만 신경을 쓴다면 카타르와 마주치지 않을 수 있었으니까.

걸음에 속도가 붙었다. 덕분에 40분도 걸리지 않아 마을에 도착했다. 워프 게이트를 이용해 위브라 제국으로 이동한 후 용병 길드를 찾아갔다. 줄을 서서 기다린 후 의뢰 완료 보상을 받았다.

[용병 길드의 의뢰를 수행하셨습니다.]×2
[의뢰 난이도(D등급)를 확인합니다.]
[용병 포인트(50점)을 획득합니다.]×2
[보상(50골드)을 획득합니다.]×2
[보상(공헌도 20점)을 획득합니다.]×2

벵갈 부족 섬멸과 카타르 섬멸이 동시에 완료되었다.

용병 포인트 100점에 100골드와 공헌도 40점이면 나쁘지 않았다.

"자, 그럼……."

다시 용병 의뢰를 살폈다.

공헌도, 공헌도…….

아쉽지만 이번에는 공헌도 퀘스트나 연계 퀘스트가 없었다.

"어쩔 수 없지."

"몬스터 퇴치 의뢰로 하게?"

"어."

가장 지겹지만 절대로 피할 수 없는 필드 사냥 노가다가 시작되었다.

이번에 사냥한 몬스터는 자쿠였다. 힘, 민첩, 체력이 고루 높아서 대미지는 물론이고 체력과 방어력, 심지어 움직임과 반응까지 뛰어난 몬스터였다. 게다가 순간적으로 급가속하는 특성이 있어 상대하기가 꽤 까다로웠다.

사실 무혁도 용병 길드에서 받은 의뢰만 아니었다면 절대로 사냥하지 않았을 몬스터였다.

"하아, 아직도 기운이 없어."

"두 번 다시 자쿠는 잡지 말자."

"나도 잡기 싫어."

아주 높은 확률로 그럴 것이다.

이번에야 보상이 공헌도였기에 감수했을 뿐.

"다음."

직원의 말에 앞으로 나섰다.

용병패를 건네고.

"수고하셨습니다."

의뢰 보상을 지급받았다.

이번에 받은 용병 포인트 50점과 공헌도 30점을 더해 현재 용병 포인트는 650점, 공헌도는 140점이었다.

"용병 등급의 상승은 언제 가능하죠?"

"지금 C등급이시죠?"

"네."

"3,000점이 되면 B등급 상승 의뢰를 받을 수 있습니다."

"아, 감사합니다. 그리고 받을 수 있는 의뢰를 보여주세요."

"알겠습니다."

무혁의 뒤를 이어 성민우가 물었다.

"C등급 상승 의뢰는요?"

"D등급에서 2,500점을 올리시면 됩니다."

"아하!"

등급이 오르면 뭐가 좋을까? 첫 번째로는 받을 수 있는 퀘스트가 더 많아진다. 범위가 넓어진다고 해야 할까.

사실 무혁도 혼자서 받을 수 있는 퀘스트가 몇 개 있지만 전부 필요가 없는 것들이라 성민우에게 맞췄을 뿐이었다.

두 번째는 보상이 다르다. 이번 퀘스트로 무혁은 용병 포인트 50점을 받았지만 성민우는 40점밖에 받지 못했다. 공헌도 역시 무혁은 30점을 받았지만 성민우는 25점을 받았다. 이처럼 등급이 올라갈수록 같은 의뢰를 받아도 더 높은 점수를 받게 된다.

일종의 신뢰도랄까. 그게 반영이 되는 것이다.

아무튼 둘은 다음 의뢰를 찾기 시작했다.

"이건 어때?"

"흐음……."

고민하고 있던 그때 큰 소리로 떠드는 목소리가 들렸다.

"뭐, 보스 몬스터?"

"어, 대박이지 않냐? 무려 80레벨 사냥터에서 나타났잖아."

무혁의 고개가 휙 하고 돌아갔다. 80레벨 사냥터의 보스 몬스터라면 관심을 기울이기에 부족함이 없었다.

"지금 랭커들 다 모이고 있다잖아."

"대박! 볼만하겠는데?"

"나도 한번 가 보려고. 이름이 칼제칸이라던가? 암튼 듣기로는 공격하면 순위가 매겨진다더라고. 거기서 1위 하면 보상이 어마어마할 거라는 소문이 퍼져서 지금 난리야. 근데 그 보스 몬스터 칼제칸이 말도 안 되게 강해서 지금 랭커들도 죽 쑤고 있다더라."

"설마……?"

"진짜야."

서로 마주 본 무혁과 성민우는 고개를 한 번 끄덕이곤 용병 길드에서 나왔다.

"나가서 한번 알아보자."

"10분 뒤에 접속하는 걸로?"

"그래."

먼저 상황을 알아볼 필요가 있었다.

로그아웃.

캡슐에서 나온 우혁은 노트북을 켜서 일루전 홈페이지에 접속했다.

따로 검색도 필요가 없었다. 이미 게시판 곳곳이 보스 몬스터로 도배된 상태였으니까.

하나씩 살펴보니 대부분이 쓸데없는 소리였지만 몇 개의 게시물은 상세한 설명을 통해 신뢰감을 주고 있었다.

위치도 정확하게 나타나 있었고 현재 모인 랭커들의 면면을 소개하는 것은 물론, 모인 랭커들과 보스 몬스터의 싸움이 얼마나 처절한지도 말해주고 있었다.

그러다 댓글 하나를 발견하고는 서둘러 동영상 게시판으로 이동했다. 약 5분 전에 올라온 영상이 있었는데 제목이 '보스 몬스터'였다.

재생.

영상이 시작되었다. 주목받는 랭커와 보스 몬스터, 그들의 치열한 접전이 벌어졌지만 무슨 이유인지 영상은 순식간에 끝나 버렸다. 제대로 된 전투를 볼 수가 없었다.

촬영하다 죽었나?

두근.

그런데도 가슴이 뛰었다. 무혁은 노트북을 덮은 후 성민우에게 전화를 걸었다.

"동영상 있던데, 봤어?"

-아, 나도 방금 막 봤어. 제대로 된 전투가 없는데도 끝내주더라.

"바로 가 보자."

-좋지!

"지금 접속한다."

통화를 종료하고 일루전에 접속했다.

성민우도 곧바로 들어왔다.

"가자."

서둘러 워프 게이트를 타고 포르마 대륙의 최남단에 위치한 부크 왕국으로 이동했다.

"사람이……."

어마어마하게 많았다. 탑이 처음 개방되었을 때 위브라 제국으로 모였던 인원과 비교해도 절대 뒤떨어지지 않는 수준이었다.

일루전을 즐기는 이상 이 정도 이슈가 생기면 자연스럽게 관심이 가게 마련이니까.

하지만 이 대부분이 사냥터로 나서지 못하고 있었다. 특히 레벨이 심하게 낮은 초보자들은 아무것도 하지 못한 채 불만만 터뜨리고 있었다.

"내 친구는 나가자마자 죽었어."

"몬스터 좀 잡아주면 어디가 덧나나."

"그러니까."

"레벨 좀 높다고 참……."

"우리도 구경은 할 수 있는 거잖아."

일단 부크 왕국의 경우, 나갈 수 있는 곳이 북문 하나밖에 없는데 초입부터 나타나는 몬스터의 레벨이 자그마치 60이었다. 50레벨도 되지 않는 유저는 허무하게 목숨을 잃을 수 있었다.

고레벨 유저들이 몬스터를 처리하면서 보스 몬스터가 있는 곳으로 가면 모르겠지만, 대부분이 일반 몬스터들은 무시한 채 지나치는 형편이었다.

고레벨 유저의 입장에서 보자면 사실 초보 유저는 관심 밖이었다. 보스 몬스터가 죽기 전에 그곳에 도착하는 것이 최우선 목표였다.

"이거 지나갈 수 있으려나?"

"흐음……."

"일단 난 정령으로 어떻게든 되겠는데……."

무혁이 주변을 둘러봤다. 건물들의 높이가 뒤죽박죽이긴 했지만, 대부분이 그리 높지는 않았다.

저 정도라면…….

"윈드로 나 보조만 해줘."

"오케이."

성민우가 정령을 소환했다. 필요한 정령은 윈드 한 마리였기에 나머지 세 마리는 역소환했다.

"윈드!"

성민우의 부름에 허공을 배회하던 윈드가 아래로 내려와 성민우의 어깨를 잡고서 날아올랐다.

그사이 무혁은 가장 낮은 건물의 옥상에 오른 상태였다.

"지금."

무혁의 말에 윈드가 강하게 날갯짓했다.

후우웅.

불어온 바람이 무혁을 휘감자 몸이 조금 가벼워졌다.

윈드 스텝.

스킬을 사용하며 지면을 강하게 찼다.

파밧!

옥상을 질주한 후 좌측 건물로 뛰어올랐다.

윈드 스텝을 사용한 덕분에 속도가 무서울 정도로 빨랐다.

옥상의 끝부분을 강하게 차면서 점프했다. 꽤 높았던 건물이 빠르게 가까워졌다. 생각보다 어렵지 않게 해당 건물의 옥상에 올라설 수 있었다. 또다시 전력을 다해 우측 건물로 점프했다. 3층이 더 높았지만, 이번에도 안전하게 올라섰다. 다음은 정면 건물, 오히려 1층이 낮아서 쉽게 점프했다. 그렇게 건물의 옥상 사이를 질주한 덕분에 어렵지 않게 북문에 도달할 수 있었다.

"후우."

희미한 미소가 무혁의 입가에 걸렸다.

생각보다 재밌네.

뒤따라 도착한 윈드도 성민우를 내려줬다.

"와우, 점프력이 장난 아닌데?"

"게임이니까."

"나도 그 정도로 뛸 수 있을까?"

"힘이 조금 더 높아진다면?"

사실 무혁도 윈드 스텝의 도움이 아니었다면 힘들었을 것이다. 물론 지금의 스탯으로 힘들다는 이야기다. 시간이 흘러 힘이 올라갈수록 달리는 속도도 빨라질 것이고, 점프할 수 있는 높이도 훨씬 증가할 것이다. 그러다 언젠가 스탯이 일정 구간을 넘기게 되면 그때부터는 경계를 넘어 새로운 세계에 발을 딛게 된다. 그 경계를 기준으로 유저 간의 등급이 나뉠 것이다.

뭐, 아직 멀었지만.

옥상에서 내려간 두 사람은 마지막 인파를 뚫고 북문을 나섰다. 여전히 사람이 많았다.

"무시하고 가자."

"오케이!"

현재 무혁의 레벨은 76이었고 성민우의 레벨이 74였다. 북문 초입에 등장하는 몬스터의 공격은 무시하고도 남을 수준이었다.

그렇게 빠른 걸음으로 움직이는데 코앞에서 갑자기 몬스터 한 마리가 리젠이 되었다.

"아, 젠장."

별수 없이 놈을 처리했다.

"와, 봤어?"

"엄청 쉽게 죽이네."

"랭커인가 본데?"

그때 갑자기 어떤 유저 무리가 다가와서는 길을 막았다.

"저, 죄송한데 주변 몬스터 좀 처리해 줄 수 없을까요? 그리고 가실 때 나오는 몬스터도 좀 죽여주시고요."

"……."

무혁은 답하지 않았다. 그에게도 시간은 아까운 것이었다. 지금 이 순간에도 누군가가 보스 몬스터에게 대미지를 넣고 있다면, 그것이 순위로 이어지고 그 순위는 보상의 퀄리티를 바꾸게 된다.

무혁은 무시한 채 그들을 지나쳤다.

"아, 더럽게 싸가지 없네."

"내가 죄송하다고까지 얘기를 했는데 대답도 없잖아."

"랭커가 벼슬이라도 되는 줄 아나."

"하, 진짜. 저렙은 그냥 나가 뒈져야겠네."

무혁은 피식 웃었다. 신경 쓸 가치도 없었다. 만약 무혁의 레벨이 낮았더라면 보스 몬스터에 관심은 가질지언정 결코 직접 찾아갈 생각은 하지 않았을 것이다. 차라리 그 시간에 경험치나 더 올리는 게 이득이니까. 저들은 결국 아무것도 할 수 없음을 알면서도 이곳에 왔다.

도대체 왜? 정말 낮은 확률의 가능성을 보고서? 혹은 호기심을 채우기 위해?

결국 저들의 선택이다. 보러 왔으나 보지 못하는 건 약하기 때문이고, 남을 탓하면서 감정을 허비하는 무의미한 행동도 저들의 선택이다. 그 선택에 무혁이 반응할 필요는 없었다. 하지만 성민우는 조금 다른 모양이었다.

"하, 이 새끼들. 말투가……."

그러면서 고개를 돌렸다. 길을 막았던 유저들이 성민우의 차가운 시선에 움찔거렸다. 그렇게 욕을 하던 이들이 그저 쳐다보는 것만으로 침묵한 것이다.

"꺼져!"

초보 유저들이 찔끔하며 도망쳤다.

"가자, 시간 아까워."

그제야 성민우가 고개를 돌렸다.

"어이가 없잖아."

"됐어."

다시 걸음을 서둘렀다. 걷다가 뛰고 지치면 다시 걷기를 20분이 넘게 반복하며 나아갔다.

"얼마나 남은 거야?"

"지금 속도라면 대략 10분."

"하, 이렇게 빨리 이동하는데도?"

"어, 조금 멀지."

"조금이 아니구만."

대화를 나누며 주변을 둘러봤다. 생각보다 많은 유저가 걸음을 재촉하고 있었다.

"다 실력자겠지?"

"아마도."

나름대로 분위기가 있었다. 일부는 여유로운 듯 웃음까지 짓고 있었다.

"영상 보니까 별거 없더구만."

"내가 봐도 그래."

"크큭, 어서 가서 순위 올리고 보상이나 받자고."

자신감인지 자만인지 모를 대화도 들렸다. 물론 대부분은 침묵을 지켰다. 오히려 말을 하는 유저보다 침묵한 채 이동하는 유저가 더 강해 보였다. 괜히 있어 보인다고 해야 할까. 그 모습에 성민우도 그들을 따라서 입을 다물었다.

좀 멋있어 보이겠지?

실없는 생각을 하면서 5분 정도 더 이동했을 때.

"허어……."

성민우의 다짐이 깨졌다.

벌써 전투의 흔적이 드러난 까닭이었다.

깊고 넓게 파인 지면은 마치 폭탄이라도 떨어뜨린 것 같은 구멍이 사방에 자리를 잡고 있었다.

저벅.

앞으로 나아갈수록 심해졌다.

"와, 대박인데……?"

"이 정도일 줄은 나도 몰랐는데."

무혁의 표정이 심각해졌다.

설마 밀리는 건 아니겠지?

포르마 대륙에 존재하는 랭커의 절반 이상이 이곳으로 모여들고 있다고 해도 과언이 아닌 상황이다.

그런데 보스 몬스터 한 마리에 밀린다?

그런 건 애초에 생각도 하지 않았다. 그래서 서둘렀던 것이다.

만약 밀리고 있다면?

정말 상황이 심각해질 것이다. 일단 사냥터 한 곳이 거의 강제적으로 폐쇄된다고 보면 될 테니까.

어쩌면 근처 마을이나 왕국을 침공해 쑥대밭으로 만들지도 몰랐다.

물론 무혁이 신경 쓸 필요는 없는 부분이었지만 일단은 신중하게 행동하기로 했다. 괜히 설치다가 죽어버리면 무혁만 손해였으니까.

직접 보고 결정해야겠어.

얼마나 더 나아갔을까. 갑자기 공기가 밀려들더니 얼굴을 때렸다. 엄청난 진동이었다.

"거의 다 온 것 같은데? 바로 전투에 개입할 거야?"

"일단 상황부터 보자."

저 멀리 무수한 점이 보였다. 그중에서도 유독 거대한 점이 시야에 들어왔다.

작은 점이 유저일 것이고 거대한 점은 보스 몬스터 칼제칸이리라. 거리가 좁혀질수록 명확해졌다.

천 명은 족히 넘어갈 것 같은 유저가 한 마리의 몬스터를 멀찍이서 포위하고 있었다.

"지금…… 내가 보는 게 진짜냐?"

"어."

그런데 문제가 있었다. 아니, 예상했던 불안함과는 조금 다른 상황이라고 해야 할까.

어이없게도 전투는 소강상태를 이루고 있었다.

무혁은 전투에 바로 개입하지 않았다.

소강상태라…….

일단 상황부터 확실하게 파악하기로 한 것이다.

이상한 것은 보스 몬스터 칼제칸이 유저들을 공격하지 않고 있다는 점이었다. 덕분에 기존에 있던 유저들이 몸을 사린 채 거리를 둘 수 있었다.

"왜 저러는 거야?"

"글쎄. 일단 보자고."

그때였다.

"뭣들 하는 거야!"

이제 막 도착한 것으로 추정되는 유저 몇 명이 놈에게 접근했다.

"우리가 탱킹할 테니까 쓸어버리라고!"

누구도 만류하지 않았다. 그사이 당당하게 외치던 유저들이 칼제칸의 지척에 도달했다.

크워어어어!

칼제칸이 가까이 다가온 유저를 보며 포효했고 그 순간 칼제칸의 주위를 포위한 채 눈치만 보던 이들이 갑자기 공격을 퍼붓기 시작했다.

하지만 공격을 퍼붓는 시간은 아주 짧았다.

이윽고.

"어, 어어……?"

접근했던 유저들의 눈이 커졌다.

"미, 미친!"

그들이 갑자기 달아나기 시작했다. 하지만 칼제칸은 달아나는 유저를 끝까지 쫓아갔다.

이해할 수 없는 건 칼제칸에게 쫓기던 유저들이 공격을 한 번도 받지 않았음에도 갑자기 쓰러지며 강제로 로그아웃을 당해버렸다는 점이었다.

"아……."

상황을 대충 짐작할 수 있었다.

"주변에 다가가면 HP가 줄어드나 본데?"

"어, 생각보다 빨리 죽었어."

다가가기만 해도 몇십 초 만에 죽는다? 그래서 소강상태가 이어지는 건가? 아냐, 더 있어. 뭔가가 더.

다시 1분 정도가 지났을 즈음.

"저게 보스 몬스터야?"

"맞네."

새롭게 등장한 유저가 앞으로 나섰다. 이번에는 그 수가 꽤 많았다. 대략 이십여 명?

그중에 근접으로 보이는 유저 십여 명이 방패로 몸을 가린 채 칼제칸에게 접근했다. 놈이 괴성을 내질렀다. 그러자 방금 전과 마찬가지로 눈치만 보던 기존 유저들이 폭발적으로 공격을 쏟아부었다.

"음……."

무혁은 고민하다가 칼제칸과 거리를 좁혔다.

"우리도 일단 공격하자."

"지금?"

"어, 한 번만 공격해서 순위만 확인해 두자. 1위가 몇 점인지 알아두면 좋을 것 같으니까."

"아하, 알겠어."

성민우는 정령을 소환하여 마법을 명령했고 무혁은 간단하게 화살을 날렸다.

[112의 대미지를 입힙니다.]
[기여도(3)가 상승합니다.]

대미지가 정말 적게 들어갔다.

허어…….

현재 무혁의 물리 공격력이 293이었다. 그런데 겨우 112의 대미지가 들어갔으니 칼제칸의 방어력이 180이란 소리였다.

더럽게 높네.

HP는 말할 것도 없으리라.

잡을 수 있을까?

무혁은 떠오르는 상념을 애써 지우며 기여도 순위를 확인했다.

[기여도 현황]

1위. 이카(172)

2위. 헤모수(171)

3위. 에란(167)

4위. 알리(161)

…….

99위. 마르(54)

100위. 아하(54)

[순위권 밖 무혁(3점)]

1위가 172점, 4위가 161점이었다. 그 아래로 10위부터 17위까지가 131점이었고 더 내려가니 81위부터 97위까지가 55점으로 동일했다. 100위가 54점이었고. 무혁이 올린 3점으로는 기여도 현황에 순위가 등재되지 않았다. 하지만 1위가 겨우 172점이란 것을 확인한 것만으로도 충분했다. 무슨 이유인지는 모르겠지만, 기여도 상위권의 유저들도 죽음을 피하지 못했던 것이리라.

지금까지 계속 죽었다?

그 모습을 지켜보면서 패턴을 파악했고.

그래서 소강상태로?

얼추 그런 결론이 내려졌다.

흐음.

패턴을 알아내야 전투에 개입할 수 있을 것인데 현재까지의 모습으로는 특별한 게 없어 보였다.

물론 접근하면 지속적으로 피해를 입긴 하지만 그것만으로는 정보가 부족했다.

힐을 사용하면 되잖아?

게다가 유저들이 원거리 공격도 하지 않고, 눈치만 보는 게 이상하다. 접근하는 게 문제였다면 원거리 공격으로 놈을 압박하면 될 일이다. 하지만 그러지 않고 있었다.

오직 새로 도착한 유저가 칼제칸을 도발할 때에만 공격을 시도하고 있었다. 도대체 왜 그런 행동을 취하는 것인지 의문이었다.

"1위가 겨우 172점이네."

"어, 근데 좀 이상해."

"뭐가?"

"우리 방금 원거리 공격했지?"

"했지."

"근데 저놈은 반응이 없었어. 가장 처음 공격한 유저만 쳐다보고 있잖아? 그럼 우리가 여기서 계속 원거리 공격만 하면 충분히 점수를 올릴 수 있지 않을까?"

"어, 그러네?"

"근데 다른 유저들을 봐."

"공격을 안 하고 있네."

"뭔가 더 있다는 소리야."

"으음."

장난을 치는 건 절대 아닐 것이다. 공격하지 않고 있는 유저 몇 명은 투구를 쓰지 않고 있었는데, 덕분에 표정이 적나라하게 드러났다.

그것은 반드시 놈을 잡아내고야 말겠다는 열망과 신중함이었다.

의문이 풀리지 않았다.

뭐지? 뭐냐고.

그러는 사이에도 새로운 유저들은 계속해서 나타났다. 대부분이 신중하게 지켜봤지만, 일부는 자만하며 칼제칸을 무시하고 공격했다.

"여기야?"

"어, 저 녀석이 보스 몬스터래."

"와, 크긴 더럽게 크네."

"뭐 그렇게 대단해 보이진 않는데? 트윈 헤드 오우거랑 비슷하구만."

"근데 아무도 접근을 안 하는데?"

"뭔가 있나 보지. 가까이는 가지 말자고."

이번에 등장한 유저가 그런 부류였다.

다만 한 가지 다른 점이 있다면 지금까지의 멍청했던 유저와는 달리 그나마 조금은 상황을 파악한 덕분에 무작정 접근하지는 않았다는 것이다. 대신 그들은 원거리에서 공격을 퍼부었다.

"야, 야. 나 기여도 벌써 30이야!"

"난 25!"

"별거 없잖아, 순위 엄청 잘 오르겠는데?"

"우리가 상위권 다 먹자고!"

그들은 킬킬거리며 웃었다.

그 순간 칼제칸이 괴성을 내질렀다.

크워어어어!

놈이 킬킬거리며 웃고 있는 유저들을 바라보자 공격을 자제하던 기존의 유저들이 마치 기다렸다는 듯 공격을 퍼붓기 시작했다.

콰과과과광!

엄청난 화력이었다. 그런데 이번엔 공격이 단발로 끝나지 않고 계속해서 이어졌다.

이건, 도대체?

의문은 잠시였다.

크워어어어!

괴성을 내지른 칼제칸이 갑자기 하늘로 솟구친 까닭이다.

거대한 몸집 탓일까. 그 행동이 꽤나 느리고 둔해 보였다. 기존 유저들은 칼제칸이 하늘로 솟구치는 순간 공격을 멈췄는데 덕분에 칼제칸의 시선이 여전히 자신을 공격하고 있는 유저에게 꽂혀 있었다.

킬킬거리며 처음 공격을 퍼부었던 자들이었다.

뭘 하려는……:

그 순간이었다. 공기가 밀려오며 전신을 강타했다. 소리는 그 이후였다.

쿠우웅.

제대로 보이지도 않았다.

"미, 미친."

수십 미터는 될 법한 높이로 뛰어올랐던 칼제칸이 지면까지 떨어지는 시간은 정말 눈 한 번 깜빡하는 찰나였다.

얼마나 충격이 크면 저런 구멍이 생길까. 킬킬거리며 웃고 떠들던 유저도 즉사했으리라.

"저거였어."

보스 몬스터 칼제칸의 또 다른 위협.

놈의 공격은 폭격 그 자체였다. 그래서 원거리 공격을 시도하지 않은 것이다.

접근하면 지속적인 피해를, 원거리에서 공격하면 폭격을 당한다.

미친……!

올라갈 때는 그렇게도 느려 보이던 칼제칸이 떨어질 때는 어찌나 빠른지 무혁도 피할 수 있다고 확신할 수가 없었다.

윈드 스텝을 사용한다면…… 그럼 가능할까?

그때 칼제칸이 깊은 구멍에서 나왔다. 여기까지 오면서 본 그 무수했던 구멍이 어떻게 만들어졌는지 확인하는 순간이었다.

제4장
보스 몬스터 레이드

기존의 유저들은 구멍에서 나온 칼제칸과 거리를 벌리며 공격을 자제했다.

  "어그로를 먼저 끌면 당하는 거야."

  "어그로를?"

  "어. 다가가면 지속적인 피해를 입고 원거리에서 공격하면 방금 전 그 폭격을 당하는 거야. 그래서 새로운 유저가 겁 없이 달려들어 놈의 어그로를 끌 때만 공격을 한 거지."

  성민우가 고개를 끄덕였다.

  "대단한데?"

  "근데 문제가 있어."

  "어떤?"

  "어그로를 끌었는지 아닌지 어떻게 판단하는 걸까?"

무혁의 말에 성민우가 대답했다.

"포효."

"아……."

그러고 보니 칼제칸이 괴성을 지를 때만 기존 유저들이 움직였다. 그 괴성이 바로 어그로가 끌렸음을 증명하는 소리였다.

"맞아, 포효였어."

"흐흐, 나도 도움이 된 거구만."

"당연하잖아."

이걸로 어느 정도 파악은 끝났다. 이제 움직일 시간이었다. 새로운 유저들이 계속해서 합세한다면 칼제칸을 공격할 수 있는 기회가 꽤 많이 생길 것이다. 예상대로 아무것도 모르는 유저 몇 명이 칼제칸을 도발하기 시작했다.

"왔어."

"우리도 시작하자고."

무혁은 아처와 메이지를 성민우는 정령을 소환했다.

잠시 기다리자 새롭게 나타난 유저들이 뭣도 모른 채 놈을 원거리에서 공격했다.

크워어어어!

공격을 받은 칼제칸이 괴성을 지르는 순간 무혁이 놈과의 거리를 좁혔다.

강활, 활뼈 전원 연사. 메이지 마법.

지시를 내린 무혁 역시 활을 들어 칼제칸을 조준했다.

풍폭, 강력한 활쏘기.

뼈 화살이 허공을 누비고 메이지의 마법이 공간을 타격한다. 뒤이어 신중하게 칼제칸을 겨냥한 무혁이 시위를 놓았다.

파아앙!

날카로운 소리와 함께 날아간 화살이 칼제칸에게 적중했다.

[270의 대미지를 입힙니다.]

[486의 추가 대미지를 입힙니다.]

[기여도(6)가 상승합니다.]

[기여도(10)가 상승합니다.]

한 번에 기여도가 16이나 올랐다.

강활이 쏘아 보낸 뼈 화살이 각 3점씩 총 12점이 상승했고, 활뼈가 날린 뼈 화살은 각 2점씩 24점이 상승했다. 메이지가 쏘아 보낸 마법은 적게는 6점에서 많게는 9점이 올라 총 41점이 상승했다.

50 이하의 피해를 주면 기여도가 1 올랐고 51~100의 피해를 주면 2점이, 그 다음으로도 피해가 50점 증가할 때마다 획득하는 기여도도 1점씩 늘어났다.

"난 물러난다."

"벌써?"

"어, 다른 유저들도 물러났어."

"아, 그럼 나도."

무혁은 충분히 거리를 벌린 후 기여도 순위를 확인했다.

[기여도 현황]

1. 이카(257)

2. 에란(252)

3. 헤모수(245)

4. 알리(236)

…….

99. 기구한(129)

100. 보스턴(128)

[순위권 밖 무혁(95)]

격차가 상당히 좁혀졌다.

좋아, 괜찮아.

이대로만 이어진다면 충분히 상위권이 가능했다. 무혁의 높은 대미지와 강화된 스켈레톤, 그리고 메이지의 파괴력이 빛을 발하는 순간이었다.

"너 몇 점이야?"

"나 95점."

"허, 높네?"

"넌?"

"난 81점."

성민우도 결코 낮지 않은 점수였다. 네 마리 정령의 연계가 뛰어난 덕분이었다. 일단 기본적으로 원거리 마법을 모두 사용할 수 있었기에 거기서 큰 점수를 먹었다.

공격이 끝나면 어스는 지면을 움직이게 만들어 칼제칸의 움직임을 방해하는 것으로 기여도를 획득했고 윈드는 칼제칸의 움직임을 느리게 만드는 것으로 기여도를 얻었다.

"다음엔 연계에 더 신경을 써야겠네."

성민우가 중얼거리며 눈을 빛냈다.

"나도."

"어허, 이 형님이 너 따라잡아야 하는데 더 신경을 쓰다니."

"쉽게 잡힐 순 없지."

둘이 티격태격하는 사이 새로운 유저가 계속해서 도착했다. 전투에 참여하지 않는 이들까지 포함한다면 대략 1,500명은 넘어갈 것 같았다.

하지만 칼제칸에게 함부로 덤비는 유저들은 쉽게 보이지 않았다. 몇 분 정도 칼제칸과 신경전을 벌이고 있던 그때, 갑자기 칼제칸이 괴성을 지르며 하늘로 떠올랐다.

"미친, 늦었잖아!"

"빨리 소환해!"

기존 유저들의 외침이었다.

"젠장! 스켈레톤 소환!"

네크로맨서로 보이는 누군가가 스켈레톤을 소환했다. 스켈레톤은 손에 들린 검을 허공으로 던져 칼제칸을 맞혔다. 칼제칸이 시선이 스켈레톤으로 향했고 거의 동시에 공기의 떨림이 전신을 강타했다.

쿠우웅.

뒤늦게 울리는 소리에 괜히 소름이 돋았다.

"일정 시간 도발하는 유저가 없으면 마구잡이로 공격하나 본데?"

"으음."

아마도 성민우의 말이 맞을 것이다.

잠깐……!

그 순간 한 가지가 떠올랐다.

과거 목령을 상대했을 때 스켈레톤이 죽으면 기여도가 올랐었다.

어차피 전사는 쓸모가 없어. 그러니 시선을 끄는 용도로 사용한다면? 아니, 아니지.

칼제칸을 상대하는 기존 유저들도 바보가 아니다. 스켈레톤을 미끼로 주어 공격을 시도할 수 있다는 사실을 분명히 알고 있을 것이다. 그러니 조금 전에도 미끼로 사용한 것일 테고.

그런데 지금은 사용하지 않고 있다. 최대한 시간을 끌다가 어쩔 수 없을 경우에만 스켈레톤을 미끼로 삼고 있었다. 거기엔 분명히 이유가 있을 것이다.

그걸 알기 전엔 나서면 안 돼.

무혁은 결정을 내린 후 차분하게 기다렸다.

"어, 왔다."

마침 겁을 상실한 유저들이 나타났다.

"저게 보스야?"

"와, 크기는 하네. 잡아볼까?"

아마도 저들의 시선엔 다른 유저가 보이지 않으리라. 무혁도 처음엔 그랬으니까. 오직 보스 몬스터 칼제칸만이 시야에 잡혔었다.

"내가 접근할 테니 네가 마법 준비해. 넌 화살 날리고."

"걱정 말라고."

근접 유저가 접근하려는 순간, 궁수가 화살을 쏘았다.

크아아아악!

화살에 가격당한 칼제칸이 괴성을 지르는 순간 무혁과 성민우가 앞으로 나아가며 칼제칸에게 공격을 퍼부었다.

풍폭, 강력한 활쏘기.

덕분에 이번에도 상당한 기여도를 획득할 수 있었다.

"점프한다. 튀자!"

칼제칸이 허공으로 뛰어올랐다. 접근을 시도했던 유저와 화살을 쏘았던 유저는 칼제칸의 신체에 짓눌리며 즉사했고 나머지 동료들은 그 여파에 휩쓸려 목숨을 잃었다.

"후우."

거리를 충분히 벌린 무혁은 안도하며 다시 기회가 오기를 기다렸다.

그때 성민우가 자랑하듯 말했다.

"나 총 130점 넘었어."

"그래?"

"어, 한 번만 더 공격하면 순위권에 들겠는데?"

"난 이미 92위야."

"이런……!"

그 순간 또 다른 유저가 칼제칸을 자극했다.

"가자!"

메이지의 마법 공격 쿨타임이 돌아오지 않아 스켈레톤 아처, 그리고 무혁만이 놈을 공격했다.

팡! 파앙!

메이지가 없음에도 불구하고 89위로 순위가 상승했다.

⚬

보스 몬스터 칼제칸, 이미 홈페이지 게시판이 놈의 이름으로 가득 찼다.

덕분에 유저들뿐 아니라 방송국의 관심까지 받았다. 순식간에 준비를 마친 방송국 관계자가 서둘러 칼제칸이 위치한 공허의 들판으로 이동했다.

"도대체 어디야!"

"거의 다 왔습니다, PD님!"

"어휴, 멀기도 하네."

프로그램 '일루전을 말하다'의 관계자도 보였고, '일루전의 세계' 관계자도 보였다. 선두에 신 유라가 유독 주목을 받고 있었다.

"진짜 예쁘네."

"말이라도 걸어볼까."

"아서라."

"왜? 나도 나름……."

"너 유라보다 랭킹도 낮잖아."

"쩝, 그건 그렇지만……."

유라는 그들의 말이 신경 쓰지 않고 김민호 PD와 이야기를 나눴다.

"걱정되세요?"

"조금, 너무 늦은 것 같아서 말이야."

"늦기는요."

"좋은 장면을 많이 못 찍을 것 같기도 하고."

"찍을 수 있을 거예요. 상황 보니까 상당히 어려운 것 같더라고요. 아마 지금도 꽤 고전 중일 걸요? 이제 겨우 소식 접하고 오는 랭커도 많고요. 지금 우리 주변에만 해도……."

확실히 주변 유저의 수가 어마어마했다.

"그러니까 걱정하지 마요."

"네가 그렇다면야."

김민호 PD가 부드럽게 웃었다.

"좀 더 서두르자."

"네! 다들 조금만 힘내요!"

유라의 파이팅에 뒤를 따르던 관계자가 밝게 웃었다. 그녀의 밝은 에너지 덕분이었다.

얼마나 더 이동했을까.

"허어, 이건⋯⋯."

김민호 PD가 서둘러 지시했다.

"일단 이거부터 찍어!"

"예!"

바닥에 난 거대한 구멍들, 성인 한 명이 옆에 서니 그 구멍이 얼마나 거대한지 더 확실하게 느껴졌다.

"수십 명도 넘게 들어가겠는데?"

"이게 전투의 흔적이라고?"

놀라웠다. 이런 흔적을 만들어내는 몬스터와 싸운다?

흥분이 밀려들었다.

김민호 PD는 그런 장면을 화면에 담을 수 있다는 생각 때문에, 유라는 유저들과 힘을 합쳐 강력한 보스 몬스터와 겨뤄볼 수 있다는 생각 때문에.

"자자, 빨리 가자구요!"

없던 힘도 생겨났다.

속도를 높여 걸음을 옮겼다.

한편, 기회가 올 때마다 칼제칸을 공격한 덕분에 현재 무혁의 기여도 순위가 꽤 높아진 상태었다. 그리고 왜 네크로맨서가 스켈레톤을 미끼로 사용하는 걸 꺼리는지도 알게 되었다.

몇 번은 괜찮지만 계속해서 스켈레톤을 미끼로 사용할 경우 해당 스켈레톤의 주인을 칼제칸이 찾아내어 공격하기 때문이었다.

만약 그 사실을 모른 채 무혁이 검뼈를 미끼로 던졌다면? 아마 기존 유저들은 속으로 웃으며 기뻐했으리라.

"확실히 상위권이 촘촘하긴 하네."

"금방 따라잡을 거야."

"그래야지."

현재 무혁의 기여도 현황이었다.

[기여도 현황]

1위. 이카(691)

2위. 에란(690)

3위. 헤모수(676)

1, 2, 3위의 점수였고.

[41위. 무혁(511)]

무혁은 41위였다.

[56위. 성민우(467)]

성민우 역시 낮지 않은 순위였다.

"어?"

그때 갑자기 성민우가 어딘가를 보더니 탄성을 내뱉었다. 무혁의 고개도 자연스럽게 돌아갔는데 시선이 끝나는 곳에서 익숙한 두 사람을 발견할 수 있었다.

"유라 씨 맞지?"

"맞는 것 같은데."

상황을 보니 아마도 촬영을 하러 온 모양이었다. 유라도 시선을 느낀 걸까. 주변을 훑다가 무혁과 눈이 마주치곤 웃으며 다가왔다.

"여기 있었네요."

"아, 네."

"상황은 좀 어때요?"

"음, 그렇게 어려운 상황은 아니에요."

"어, 정말요? 듣던 거랑은 다르네요."

대화를 나누는 와중에 무혁의 시선이 한곳으로 옮겨졌다.

일루전의 세계, 방송 관계자와 비슷한 시기에 도착한 유저 무리가 앞으로 나서는 게 보인 탓이다. 무혁이 손을 올려 유라의 말을 막았다.

"왜 그러세요?"

"잠시만."

그러곤 성민우를 쳐다봤다.

"준비해야 될 것 같은데."

"오케이."

역시 예상대로 그들이 칼제칸을 공격했다.

크워어어어!

놈이 울부짖었다.

"잠깐만 기다리세요."

"아, 네."

유라를 남겨둔 채 칼제칸에게 다가갔다. 이후 메이지의 마법과 뼈 화살 연사를 명령한 후 무혁 본인도 활로 놈을 조준했다.

파앙!

쏘아진 화살이 놈을 타격했다.

한 발 더!

아직 여유가 있었다.

파앙! 팡!

덕분에 강활과 활뼈도 한 번씩 공격을 시도할 수 있었다.

물러서.

무혁은 거기서 만족하기로 했다. 그리고 다시 유라의 곁으로 이동했다.

"죄송해요. 기여도 때문에."

"괜찮아요. 그런데 무슨 상황인 거예요?"

"일단 칼제칸 주변으로 가면 상당한 대미지를 입는 것 같아요."

"아, 그래서 접근하는 유저가 없는 거군요."

"네, 그리고 원거리 유저가 어그로를 끌면 점프를 해서 아래로 떨어지는데 사실 그게 가장 난감한 부분이에요."

"난감하다면……?"

마침 칼제칸이 점프했다.

"한번 보시면 되겠네요."

무혁이 손가락으로 가리켰다. 유라의 시선이 그 손가락의 끝을 향했고 그곳에는 하늘로 솟구치고 있는 칼제칸이 자리를 잡고 있었다.

"생각보다 느리……."

유라가 입을 떼는 순간, 압력이 전신을 훑고 지나갔다.

쿠우웅.

소리가 나면서 칼제칸이 만든 참사가 눈에 들어왔다.

"아, 아……."

유라의 눈이 커졌다.

"엄청나죠?"

"저, 저게 말이 되는 거예요?"

"그러게요."

"도대체 어떻게 잡죠, 저걸?"

"그래서 지금처럼 소강상태가 유지되는 거죠. 아무것도 모르는 유저가 와서 미끼가 될 때까지 기다리는 거예요."

"아아."

뒤쪽에선 김민호 PD가 열심히 스태프들을 지휘하고 있었다.

"찍었어?"

"네!"

"좋아, 잘했어. 대박이야, 대박!"

하지만 무혁은 한 가지가 마음에 걸렸다.

과연 이대로 계속 이어질까?

물론 이어진다면 무혁에게는 분명 좋은 일이다. 어려움 없이 잡을 수 있고 또 보상을 얻을 수 있을 테니까. 하지만 불안했다.

이렇게 쉬울 리가 없잖아.

일루전이? 그것도 보스 몬스터가?

말이 되지 않는다.

"후우."

"왜 그래?"

"그냥, 조금 불안해서."

"뭐가?"

"왠지 너무 쉬운 것 같잖아."

"이 정도면 충분히 어려운 거 아니야? 사실 우리도 그냥 달려들었으면 벌써 죽었을 테고. 지금까지 죽은 유저만 백 명은 넘는 것 같은데?"

"그렇긴 한데……."

뭔가 말로 설명하기 힘든 찜찜함이 있었다.

그때 유라가 검과 방패를 빼 들었다.

"어? 유라 씨?"

"네?"

"전투에 참여하게요?"

"당연하죠!"

하긴 랭커가 구경만 하는 것도 이상했다.

"가까이 접근하면 안 되는 건 알죠?"

"네, 원거리 스킬만 사용할 거라 괜찮아요."

"그렇다면야, 뭐."

그들은 다시 미끼가 나타나기를 기다렸다.

한편 김민호 PD는 미간을 찌푸렸다. 무혁과 거리가 그리 멀지 않았기에 이야기를 들을 수 있었다. 덕분에 현재 어떤 상황인지 파악할 수 있었다. 하지만 그럼에도 불구하고 실소가 새어 나왔다.

현재 모인 유저들의 수를 보라. 최소한 수천 명에 해당하는 그들 대부분이 보스 몬스터의 눈치만 보고 있었다.

"일단 화면에 담아봐."

"네."

그 모습이 참으로 아이러니했다.

무려 랭커다. 10억의 유저가 즐기는 일루전에서도 특별히 뛰어난 이들이 지금 이 자리에 모여 있는 것이다. 그런데 아무것도 하지 못하고 있다. 미끼가 나타나기만을 기다리며 그저 시간을 소모할 뿐이었다. 그 모습에 김민호 PD는 직감했다.

"특히 보스를 중점적으로."

"유저 말고요?"

"그래, 보스를 잘 찍어."

"알겠습니다."

이렇게 허무하게 끝나지 않으리라.

"어, 저 유저 도발하는데요?"

"그래?"

아무것도 모르는 유저가 칼제칸을 도발했고.

후와아악.

수천의 유저가 동시다발적으로 움직였다. 각종 스킬들이 뿜어진다. 허공을 수놓은 수많은 공격들이 칼제칸을 타격했다.

콰아앙! 콰과과광!

그야말로 장관이었다.

어마어마하군.

김민호 PD도 이 순간만큼은 인정했다.

그래도 랭커라는 건가.

지금껏 보지 못했던 화려하고 강력한 스킬들이 눈을 사로잡았다. 그 순간 하늘로 솟구친 칼제칸이 처음으로 공격했던 유저에게 떨어졌다.

쿠우우웅.

또 하나의 구멍이 만들어졌다.

크, 크르르······.

구멍에서 나온 칼제칸이 조금 이상했다. 아니, 많이 이상했다.

침을 흘리고 있었으며 또한 눈은 뒤집혔는지 눈동자가 보이지 않았다. 게다가 전신에서 흐르는 기이한 붉은 기류는 또 어떤가.

"찌, 찍고 있어?"

"예? 아, 예. 찌, 찍고 있습니다."

"그래, 제대로 찍어, 제대로······."

어쩌면 두 번 다시 찍을 수 없을지도 모르니까. 그냥 그런 예감이 들었다.

크워어어어!

놈의 울부짖음과 함께 떠오른 메시지.

[보스 몬스터 칼제칸의 HP가 50퍼센트로 떨어졌습니다.]
[이성을 잃고 흥분합니다.]
[특수 상태 '버서커'가 발동됩니다.]

무혁의 표정이 일그러졌다.

이런……

자기도 모르게 좌우에 있는 두 사람의 손을 잡고서 뒤로 물러섰다.

성민우는 멍하니 끌려왔고 유라는 미묘한 표정으로 무혁을 따랐다. 본능적이랄까. 무혁은 자기도 모르게 성민우의 손을 놓았지만 유라의 손은 여전히 잡고 있었다. 물론 본인은 그 사실을 몰랐다.

"저, 저기……."

"네?"

"손 좀……."

"아."

다급히 손에 힘을 뺐다.

"조금 놀라서요."

"괜찮아요."

무혁의 시선은 다시 고개를 돌려 정면의 칼제칸을 향했다. 이성을 잃은 놈이 날뛰기 시작했다.

"미친! 이런 게 어디 있어!"

"장난하는 것도 아니고!"

기존에 있던 유저들이 폭발했다.

"시발, 젠장!"

하지만 투덜거림도 잠시였다.

쿠웅, 쿵.

놈이 유저들을 향해 돌진하기 시작한 것이다.

칼제칸이 주먹을 휘둘렀다. 접근만 해도 HP가 지속적으로 닳는데 공격까지 당한다? HP와 방어력이 상당히 높은 유저라도 할지라도 도망치지 않을 수 없었다.

"힐, 힐부터 줘!"

그 순간 놈이 갑자기 하늘로 점프했다. 전과 비교해 높지는 않았으나.

쿠웅.

떨어졌을 때의 충격은 여전히 대단했다. 충격으로 인해 지면이 움푹 파인 것은 물론이고 그 과정에서 돌멩이 조각들이 사방으로 튀었다.

반경 5미터 내에 있던 유저들은 즉사, 그보다 떨어진 곳에 위치한 자들은 날아오는 돌멩이를 막아내거나 피하면서 뒤로 물러섰다.

크르르……

이미 미쳐 버린 칼제칸이었다.

방법은 단 하나.

"시발, 공격해! 원거리 공격으로 죽여 버리라고!"

어떤 길드의 장으로 보이는 자가 외치자 그의 주변에 있던 길드원들이 공격을 퍼붓기 시작했다. 거리를 최대한 유지하려고 애쓰고 있는 모습이 역력했지만 칼제칸은 단번에 거리를 좁혀 버렸다. 그리곤 마구잡이로 주먹을 휘두르며 그들을 압박했다.

"우리도 공격해!"

"우리도!"

그 모습을 보며 랭커들이 결심이 선 모양이다. 피할 수만은 없었다. 어차피 버서커가 된 이상 다음에 누굴 공격할지 장담할 수 없었으니까. 차라리 목표물이 되지 않은 지금, 강력한 화력으로 녹여 버리는 게 최선이었다. 머뭇거리던 유저들이 스킬을 난사했다.

"그래, 죽이라고!"

"좋았어!"

방금 전 좋다고 외친 유저의 눈이 커졌다. 어느새 코앞으로 도달한 칼제칸을 발견한 까닭이었다. 날아드는 다리를 미처 피하지 못한 탓에 놈의 발에 깔려 버렸다.

쿵, 쿠웅!

연속적인 발길질에 곤죽이 되었다. 결국 아무것도 하지 못한 채 로그아웃을 당했다.

크워어어어!

놈의 포효가 울려 퍼질 때.

키릭, 키리릭.

턱을 부딪치며 접근한 스켈레톤 한 마리가 고개를 들어 칼제칸을 올려다봤다.

칼제칸이 주먹을 휘둘렀고, 그것을 고스란히 맞은 스켈레톤의 전신이 부서졌다.

콰아아앙!

동시에 폭발이 일어나며 칼제칸의 주먹을 휩쓸었다.

[칼제칸에게 공격당했습니다.]
[2,451의 대미지를 입습니다.]
['검뼈3'이 역소환됩니다.]
[기여도(30)가 상승합니다.]

[풍폭이 발현됩니다.]
[200의 추가 대미지를 입힙니다.]
[기여도(4)가 증가합니다.]

일단 공격을 당했을 때 얻게 되는 기여도는 30으로 목령을 상대했을 때와 같았다. 하지만 여기에 풍폭으로 인한 추가 기여도가 올랐다.

풍폭은 말 그대로 바람을 압축하는 기술이다. 즉, 그 바람의 압축을 화살에 담을지 검에 담을지 혹은 스켈레톤의 신체에 담을지 그건 오로지 무혁의 의지에 달린 것이다.

대미지가 2,451이라…….

무혁은 강화뼈2의 상태를 확인했다.

이름 : 강화뼈2

레벨 : 71

HP : 2,485 / MP : 1,295

힘 : 43 / 민첩 : 40 / 체력 : 58

지식 : 11 / 지혜 : 12

물리 공격력 : 144+57

물리 방어력 : 68+40 / 마법 방어력 : 44

공격 속도 : 143+2%

이동속도 : 117.5+2%

반응속도 : 104+1.5%

(다크나이트 세트 효과 : 어둠 속에서 모든 능력치 5퍼센트 상승)

한 방은 버티겠는데…….

문제는 지속적인 피해다. 공격을 버텼는데 지속적인 피해로 인해 죽는다면 꽤나 짜증이 나리라.

회복을 사용한다면……?

상황이 그러졌다. 하지만 아직은 아껴야 할 패다.

어차피 MP도 부족하니 검뼈부터 미끼로 던져야겠어.

본래라면 스켈레톤을 미끼로 보내지 않았으리라. 놈이 제정신을 유지할 때만 해도 스켈레톤의 주인을 찾아낼 정도로 똑똑했으니까. 하지만 지금의 칼제칸은 이성을 잃었다. 과연 본능으로 움직이는 현재, 스켈레톤의 주인을 찾아낼 수 있을까? 무혁은 그럴 리 없다고 생각했다.

그러니 지금부터는 미끼로 던져도 상관없다는 거지.

무혁은 검뼈4에게 다가갔다.

풍폭.

검뼈4의 전신에서 압축된 바람의 힘이 느껴졌다. 직후 검뼈4가 칼제칸에게 돌진했고 그 위로 무수한 뼈 화살과 다섯 가지 속성의 마법이 쏟아졌다.

무혁 역시 시위에 화살을 걸어 강력한 활쏘기를 시전했다.

공격이 제대로 들어갔다.

[강활1이 칼제칸에게 120의 대미지를 입힙니다.]
[기여도(3)가 상승합니다.]

[활뼈3이 칼제칸에게 72의 대미지를 입힙니다.]
[기여도(2)가 상승합니다.]

그 분노는 검뼈4가 대신하여 맞았다.

[칼제칸에게 공격당합니다.]
[2,451의 대미지를 입습니다.]
['검뼈4'가 역소환됩니다.]
[기여도(30)가 상승합니다.]

[풍폭이 발현됩니다.]
[200의 추가 대미지를 입힙니다.]
[기여도(4)가 증가합니다.]

검뼈4가 역소환되는 대신 기여도가 30이 증가했다. 물론 풍폭으로 인한 200의 추가 대미지와 기여도 4는 덤이었다.

하지만 여전히 MP가 부족했다. 무혁은 검뼈5, 검뼈6, 검뼈7도 같은 방식으로 희생시켰다. 그제야 풍폭을 사용해도 MP가 그럭저럭 유지되었다.

좋아, 이제……

본격적으로 전투를 이어갈 때였다.

강화뼈2에게 다가가 풍폭을 걸고, 칼제칸을 공격시켰다.

크워어어어!

순식간에 접근한 놈의 주먹에 가격당했다. 방패로 방어를 하라고 지시했지만 칼제칸의 주먹이 워낙 빨랐다.

[칼제칸에게 공격당합니다.]
[2,451의 대미지를 입었습니다.]
[기여도(30)가 상승합니다.]

[풍폭이 발현됩니다.]
[200의 추가 대미지를 입힙니다.]
[기여도(4)가 증가합니다.]

서둘러 강화뼈2에게 치유 마법을 사용했다.

죽은 자의 축복!

HP를 회복한 덕분인지 강화뼈2는 역소환되지 않았다.

좋았어. 메이지 마법!

다섯 메이지가 마법을 퍼부은 덕분에 칼제칸이 잠시 움찔했고 그 틈을 놓치지 않고 강화뼈2를 뒤로 물렀다.

"후우."

다행스럽게도 다른 유저들 역시 기여도를 위해 스킬을 난사하는 와중이었다. 덕분에 칼제칸의 시선이 다른 곳으로 옮겨졌다.

괜찮아, 이 정도라면 충분히 사냥이 가능하다. 상위권도 가능해.

현재 강화뼈2의 HP가 가득 찬 상태가 아니었기에 검뼈 한 마리를 보냈다.

크워어어!

칼제칸의 공격에 검뼈가 죽었다. 그리고 녀석도 피해를 입었다.

본래라면 검뼈를 죽임으로써 다시 가까운 유저에게 달려가거나 발광하며 날뛰는 것이 정상이다. 그럼 기회를 엿보다가 피해를 입히는 게 무혁의 전략이었고. 하지만 의외의 상황은 언제나 안도할 때, 그리고 익숙해졌을 때 발생하는 법이었다.

크아아아아악!

갑자기 칼제칸의 미쳐 버린 눈동자에 무혁이 들어왔다.

[보스 몬스터 칼제칸의 HP가 25퍼센트로……]

등골을 타고 오르는 소름.

어……?

메시지를 확인할 겨를은 없었다.

윈드 스텝!

본능적으로 스킬을 사용한 다음 지면을 강하게 차 도망칠 뿐이었다. 평소에는 많은 길이 보였는데 지금은 사방이 꽉 막힌

것처럼 피할 길이 보이지 않았다. 어쩔 수 없이 실처럼 좁은 길을 억지로 파고들며 불길한 예감이 비껴가길 바랄 뿐이었다.

⬤

랭킹 1위로 유명한 유저, 다크가 멀찍이서 이 상황을 지켜보고 있었다.

"어때?"

"곧 있으면 다 죽겠네."

"흐음."

다크의 동료 몇 명이 전장을 주시했다.

"근데 저 녀석은 누구야?"

"누구?"

"저 네크로맨서."

"신경 쓸 필요가 있나?"

"스켈레톤이 칼제칸의 공격을 맞고도 버티길래."

"그래?"

다크도 꽤 놀란 눈치였다.

"하지만 그래 봤자지."

결국 저곳에 있는 유저는 모두 죽을 수밖에 없다.

곧, 또 다른 변화가 일어날 테니까.

그 변화로 기여도를 올린 유저 전부가 로그아웃을 당할 것이다. 그때 나서서 마무리를 지으면 된다. 그럼 조금의 기여도 만으로도 1위를 차지할 수 있게 되는 것이다.

"근데 너도 참 대단해."

"뭐가?"

"기어이 저 녀석 잡으려다가 한 번 죽고, 열 받아서 위치고 뭐고 다 까발리더니 결국 이렇게 뒤통수를 치는 거잖아?"

"잡으려면 어쩔 수 없잖아."

"뭐, 하긴. 그 정도로 괴물이긴 하지."

다크와 그의 동료 역시 죽을 수밖에 없었던 괴물. 보스 몬스터 칼제칸.

하지만 이제 놈을 처리할 시간이 머지않았다.

크아아아악!

그 순간 칼제칸의 괴성이 울렸고, 붉은 기운이 한층 더 격렬해졌다.

"어, 저거 2차 맞지?"

"맞아."

"쩝, 끝났네."

놈의 첫 목표물이 누구일지 궁금했다.

"아, 저 네크로맨서인가 본데?"

"흐음."

"조금은 불쌍하지?"

"뭐, 조금 정도는."

이어 상황이 적나라하게 드러났다. 허공으로 떠오른 칼제칸이 네크로맨서가 있던 장소로 떨어진 것이다.

쿠우웅.

엄청난 굉음이 울리고.

……!

치솟은 먼지를 꿰뚫고 나타난 네크로맨서 유저가 시야에 들어왔다. 조금의 과장도 없이 말 그대로 종이 한 장의 차이가 죽음과 삶을 갈랐다.

['강화뼈1'이 역소환됩니다.]

[기여도(30)가 상승합니다.]

['강화뼈2'가 역소환됩니다.]

[기여도(30)가 상승합니다.]

['강활1'이 역소환됩니다.]

[기여도(30)가 상승합니다.]

['메이지1'이 역소환…….]

[기여도(30)가 상승…….]

주변에 있던 스켈레톤 전부가 역소환당했지만 그런 부분에 신경 쓸 겨를 따윈 없었다.

"흐읍……!"

아직 칼제칸의 공격이 끝나지 않았으니까.

후우웅.

하늘로 솟구친 칼제칸은 여전히 무혁을 바라보고 있었다. 아직 유지되고 있는 윈드 스텝에 다시 한번 목숨을 맡겼다. 시야에 들어오는 몇 군데의 길, 그중에 하나를 택해 몸을 던진 것이다.

쿠우웅.

덕분에 칼제칸의 공격을 피할 수 있었다.

젠장……!

하지만 상황은 좋지 않았다. 칼제칸이 아직도 무혁을 포기하지 않은 까닭이었다.

이대로 죽는 건가?

순간 무혁의 눈동자가 가라앉았다.

그래, 기왕 이렇게 된 거…….

쉽게 죽어줄 순 없는 노릇이었다. 인벤토리에 활을 넣고 검과 방패를 꺼낸 무혁이 칼제칸을 향해 달려들었다.

기분이 더러웠다. 아무리 보스 몬스터라지만……. 너도 당해봐라! 벌레도 꿈틀거릴 수 있다는 것을 칼제칸, 너에게 보여줄 것이다.

성민우와 유라는 겨우 살아남았다.

"어, 어떻게 해요?"

"구해야죠!"

성민우가 정령 네 마리를 동원해 칼제칸을 공격했다. 하지만 놈은 성민우에게 조금도 신경을 쓰지 않았다. 다른 유저들은 멍하니 무혁과 칼제칸을 지켜보는 중이었다.

미친, 지금 이 상황에서……!

속에서 열불이 터졌지만 할 수 있는 게 없었다.

그저 정령을 지휘할 뿐.

아니, 잠깐……!

그러다 한 가지 생각이 떠올랐다.

"유라 씨!"

"네?"

"소리 좀 크게 낼 방법 없어요?"

"소리요?"

"네!"

"아, 잠시만요!"

유라가 김민호 PD에게서 무언가를 받았다.

일루전에서 특별히 제작한 아이템 '확성기'였다.

"여기요!"

"그거 사용해서 외쳐요!"

"뭐라구요?"

"지금 한 명만 노리고 있으니까 집중 공격해서 끝내 버리자고!"

"아, 알겠어요!"

유라가 나서서 확성기를 사용했다.

"아아, 다들 듣고 계시죠? 전 일루전의 세계 MC를 맡고 있는 유라예요. 지금 보스 몬스터 칼제칸이 한 명의 유저만 노리고 있는데, 보이시죠? 가만히 지켜보는 건 의미가 없다고 생각해요. 지금 그냥 뒀다가 다음에 목표물이 되면 어쩌실 생각이에요? 다들 집중적으로 공격해서 칼제칸을 쓰러뜨리는 게 어떨까요? 저희가 방송에 멋지게 담아드릴게요!"

유저들은 무혁이 칼제칸의 공격을 피하는 모습에 정신을 놓았었다. 하지만 계속 그럴 순 없는 노릇이었다.

"그래, 지금 처리해야지."

"안 그랬다가 무슨 봉변을 당하려고."

"어서 공격하자고!"

상위권 유저들이 분주하게 움직였다.

"다들 집중 공격!"

"퍼부으라고!"

다시금 칼제칸을 향해 각종 마법과 기술들이 쏟아졌다. 그럼에도 놈은 오직 한 명, 자신의 공격을 요리조리 피하는 무혁에게만 시선이 집중된 상태였다. 계속해서 피하고 있는 무혁의 모습에 열이 받는지 놈이 점프를 감행했다.

쿠웅!

범위에 속해 있던 수십 명의 유저가 즉사했다. 조금 떨어져 있던 유저들은 이어진 충격파에 균형을 잃었고 날아온 돌멩이에 상처를 입으며 비틀거렸다.

"힐, 힐부터!"

그중에 한 명은 목에 돌멩이가 박혔고, 누군가는 얼굴이 날아갔다.

"미, 미친!"

HP가 남았으나 그런 상처는 과다 출혈로 이어진다. 결국 해당 유저는 죽고 말았다. 눈앞에서 벌어진 잔혹한 광경에 모두 침을 삼켰다.

꿀꺽.

그 순간 먼지를 뚫고 나온 무혁이 원을 그리며, 칼제칸의 뒤쪽으로 이동했다. 이후 놈의 아킬레스건을 검으로 그었다.

서걱.

칼제칸의 발목에 깊은 상처가 생겼다.

키아아아악!

놈이 발악하며 다리를 휘두르고 양 손으로 바닥을 내려쳤으나 무혁은 유유히 피하며 뒤로 물러섰다.

그 짧은 시간 동안 지속적인 피해로 인해 HP가 900이나 줄었다. 다행히 누군가가 치유 마법을 걸어줘서 HP가 빠르게 차올랐다.

찌푸렸던 미간을 펴며 다시 칼제칸의 뒤로 접근해 방금 전과 같은 위치를 공격했다. 칼제칸이 다시금 공격을 시도했으나 폭격만 아니라면 충분히 피할 수 있었다.

시간이 없어.

하지만 무혁은 촉박했다. 현재 남은 MP는 700.

35초라……. 그 안에 끝낼 수 있을까?

그럴 수 없더라도 맞설 수밖에 없었다. 도망칠 수도 없었으니까. 칼제칸이 무혁을 놓아주지 않았으니까.

개자식!

유일한 희망은 놈의 다리 하나를 잘라내는 것이었다. 현재 상처 입은 곳이 꽤 너덜너덜해진 상태였기에 충분히 시도할 가치가 있었다.

벤다, 반드시.

어금니를 깨물고 다시 접근해 풍폭을 사용했다. 순식간에 200의 MP가 사라졌다. 기회를 틈타 다시 한번 상처 입은 칼제칸의 뒷발을 검으로 그었다.

[크리티컬이 터집니다.]

[202의 대미지를 입힙니다.]

[362의 추가 대미지를 입힙니다.]

[특수 상태 이상 '과다 출혈'이 발동됩니다.]

[기여도(5)가 상승합니다.]

[기여도(8)가 상승합니다.]

아쉽게도 놈의 발목이 잘리지는 않았으나 큰 타격으로 인해 덜렁거리고 있었다. 가능성은 충분했다.

다시……

딱 한 번이면 잘라낼 수 있으리라.

한 번만 더!

하필이면 그 순간 놈이 하늘로 솟구쳤다. 윈드 스텝을 사용하고 있음에도 이 순간만큼은 긴장하지 않을 수 없었다.

쿠웅.

안간힘을 다해서 피해냈다. 또 한 번 놈이 폭격을 시도했지만, 그 또한 피해냈다.

피, 피했어.

안도하려는 찰나.

이런……!

놈이 세 번째 폭격을 시도하고 있었다. 어느새 하늘로 솟구친 칼제칸이 바닥을 구른 무혁을 내려다보며 다시 급강하하고 있었던 것이다.

설마 세 번이나 연속적으로 폭격을 시도할 줄이야.

이건 피할 수 없다는 생각과 함께 절망감이 전신을 휘감았다.

키아아아악!

갑작스러운 칼제칸의 절규와 함께 상황이 반전되었다.

다크의 동공이 흔들렸다. 주변에 있던 동료들 역시 충격을 받은 표정이었다.

"저게 말이 돼……?"

칼제칸이 변화가 2차로 접어든 후에는 대응하는 것 자체가 거의 불가능했다. 그건 랭킹 1위인 다크에게도 적용되는 현실이었다. 점프를 하는 속도가 빨라져서 전체적으로 반응할 수 있는 시간이 크게 줄어들었기 때문이다.

게다가 연속적인 폭격은 그 자체만으로도 재앙이었다. 그래도 그가 쉽게 죽지 않을 수 있었던 이유는 동료들의 전폭적인 지원이 있었기 때문이었다.

다크와 함께하는 숨은 실력자들이 아니었다면 놈과 겨룬다는 것 자체가 성립하지 않았으리라.

"그런데…… 어째서……!"

어째서 저 유저는 놈과 맞서고 있는 것인가.

"괜찮냐?"

동료의 위로에도 마음이 가라앉지 않았다. 한참이나 이글거리는 눈으로 전투장면을 바라봤다.

아니, 아니야. 그래도 곧 무너질 거야. 그럴 수밖에 없어. 계속 버틴다는 건 말이 안 되니까.

"후우, 괜찮아."

"그래?"

"어, 그것보다 어서 준비해."

"알겠어."

다른 동료들도 놀라긴 했으나 확신하는 모습이었다.

그 순간이었다. 칼제칸이 세 번을 연달아 점프했다.

첫 번째, 두 번째를 피하더라도 세 번째는 피하지 못하리라. 상황이 원하는 대로 흐를 것임에도 불구하고 다크는 이상하게 기분이 찝찝했다.

무언가 중요한 것을 놓치고 있는 느낌이랄까.

도대체 뭐지?

생각해 봤으나 끝내 깨닫지 못했다.

칼제칸의 폭압을 피할 정도의 엄청난 움직임. 놈의 공격을 피하고 지속적인 대미지를 견디는 뛰어난 HP. 그 모든 것을 갖춘 저 유저의 직업이 네크로맨서임을 말이다.

"어, 저, 저것 좀 봐!"

"뭔데?"

상념을 지운 다크가 고개를 들었다. 상황이 이상하게 흘러가고 있었다.

칼제칸의 행동이 이상했다.

막연한 불안감을 느낀 유라가 서둘러 확성기를 들고 외쳤다.

"다들 칼제칸의 오른쪽 발목을 노려주세요!"

이 불안감이 현실이 되기 전에 칼제칸을 쓰러뜨리고 싶었다.

약점은 명확했다. 오른쪽 발목, 무혁이 공격했던 그 부위였다.

마침 놈이 점프를 했다.

"지금요!"

유라의 외침에 다들 스킬을 퍼부었다.

뒤이어 연속으로 놈이 점프했다.

"다시!"

마지막으로 세 번째!

"퍼부어요!"

안 그래도 크게 상처를 입어 과다 출혈에 걸렸던 부위였다.

그 깊은 상처에 엄청난 타격이 연속적으로 들어오면서 더 이상 버티지 못한 살점과 뼈가 떨어져 나가고야 말았다.

키아아아악!

고통 탓일까.

아래로 떨어지던 칼제칸이 몸을 비틀었다. 덕분에 방향이 어긋났고 무혁은 칼제칸의 폭격에서 살아남을 수 있었다.

"소미 씨!"

"아, 네!"

유라와 함께 온 힐러가 무혁에게 치유 마법을 사용했다.

[HP가 회복됩니다.]

잠시 멍하니 있던 무혁은 얼굴을 때리는 돌멩이 조각에 정신을 차렸다. 서둘러 몸을 일으킨 후 뒤로 물러났다.

키아악, 키아아악!

바닥으로 떨어진 칼제칸이 절규하고 있었다.

이건 기회였다.

"마무리 짓자고!"

유저들의 공격이 끝없이 이어졌다.

콰과과광!

그사이 무혁은 성민우와 유라의 곁에 도착할 수 있었다. 그제야 놈으로부터 벗어났음을 깨달았다. 깊은 한숨이 저절로 새어 나왔다.

"하아……."

그런 무혁을 걱정스러운 눈으로 살펴보는 유라와 어깨를 툭하고 치는 성민우.

"괜찮냐?"

"안 괜찮아, 인마."

"짜식."

무혁이 고개를 돌렸다. 유라를 보며 부드럽게 웃었다.

"고마워요."

"뭐, 뭘요."

인사한 후 인벤토리에서 MP 포션을 꺼내어 마셨다.

아직 끝난 게 아니니까.

"마무리 짓자고."

"오케이!"

"좋아요."

시위에 화살을 걸어 몸을 일으키려는 칼제칸을 노렸다.

키아아아악!

그러다 균형을 잃고 쓰러지고 다시 일어서려 애쓴다. 또다시 넘어지는 그 순간.

파앙!

무혁의 화살이 공기를 꿰뚫으며 날아갔다.

[크리티컬이 터집니다.]

[231의 대미지를 입힙니다.]

[415의 추가 대미지를 입힙니다.]

[기여도(5)가 상승합니다.]

[기여도(9)가 상승합니다.]

화살이 칼제칸의 머리에 박혔다.

크, 크르르르……:

거의 동시에 놈의 눈이 감겼다.

[경험치가 상승합니다.]

쓰러뜨린 것이다.

"드, 드디어……!"

정말 지독할 정도로 처절했던 전투였다. 죽은 유저만 해도 천 명은 넘어가리라.

"하아."

무혁도 안도의 한숨과 함께 활이 들린 손을 아래로 늘어뜨렸다.

"끝난 거, 맞지?"

"어."

"와, 대박. 진짜 이건 초대박!"

"엄청나요, 정말!"

유라도 옆에서 흥분을 감추지 못했다.

괜스레 웃음이 났다. 정말로 엄청났다. 지금 떠올려도 칼제칸은 압도적이었다.

특히 점프한 후 내리꽂히는 폭격, 그걸 어떻게 피했는지, 지금 생각하면 스스로가 대견할 지경이었다.

하지만…….

한 마리에게 너무 휩쓸렸다.

역시, 아직은 많이 약하지.

아직도 올라가야 할 곳이 많다는 건 어떻게 보면 축복이리라.

그 순간이었다.

[기여도를 확인합니다.]
[기여도 1위를 달성하였습니다.]
[보상을 획득합니다.]

무혁의 눈이 커졌다.

어, 1위……?

너무나 급박하게 돌아가는 상황에 기여도는 확인할 겨를도 없었다.

그래도 나름 상위권일 거라고 은연중에 생각하고 있긴 했지만 설마 1위일 줄이야.

무혁은 서둘러 보상을 확인했다.

[골드 박스(×3)]
매우 뛰어난 수준의 아이템이 랜덤으로 등장한다.

옆에 있던 성민우도 보상을 받은 모양이었다.

"어, 보상 들어왔네?"

"보상이 뭔데?"

"실버 박스라는데? 근데 2개야."

무혁이 골드 박스, 성민우가 실버 박스였다. 순위에 따라서 색이 나뉘는 모양이었다.

브론즈 박스도 있으려나?

마침 주변에서 이야기가 들려왔다.

"나, 브론즈 박스 2개야."

"난 1개."

무혁이 들키면 꽤 피곤해질 것 같았기에 골드 박스를 서둘러 인벤토리에 넣었다.

"좀 피곤한데."

"아, 그래?"

"피곤해요?"

성민우의 말은 무시하고 유라를 보며 대답했다.

"아, 네. 조금요."

"그럼 쉬어야죠."

"그래야겠어요. 오늘은 일찍 나가봐야겠네요."

"저, 저기."

"네?"

"혹시 내일 시간 있어요?"

옆에 있던 성민우가 입을 삐죽하고 내밀었다.

"부럽네, 짜식."

무혁이 그를 매섭게 노려봤다.

"크흠, 부럽다고 그냥."

성민우가 시선을 피했고 무혁은 피식 하고 웃으며 유라를 쳐다봤다.

"네, 있어요."

"그러면……."

"내일 점심이나 같이 먹을까요?"

"아, 네! 좋아요. 저기, 민우 씨?"

"네?"

"제 친구도 온다니까 같이 오세요."

"저, 정말요?"

"그럼요."

"옙, 알겠습니다!"

두 사람을 보며 무혁이 마지막으로 말했다.

"그럼 나 갈게. 내일 봐요."

"어, 그래. 나도 오늘은 쉬어야겠다. 내일 여기서 보자."

"쉬세요."

고개를 끄덕인 후 로그아웃했다.

있을 수 없는 일이었다.

"……."

하지만 그런 일이 발생했다.

다크는 무혁이 사라진 곳을 한참이나 바라보다 고개를 들었다.

"대단해, 그치?"

"뭐가?"

"저런 유저가 있다니……."

"후우, 그러게 말이다. 꽤 공들여서 준비했는데 허탈하네."

그때 한 여성이 다가왔다.

"근데……."

"음?"

"저 유저 네크로맨서 맞지?"

그제야 잊고 있던 찝찝함의 정체가 무엇인지 깨달았다.

"분명히 처음에 스켈레톤을 소환하고 부렸었는데, 그냥 내가 잘못 본 건가 싶어서."

"그게……."

"아닌가?"

"아, 아니. 맞아. 네크로맨서가 맞을 거야…… 아마도."

분명히 두 눈으로 봤었다.

"그래, 봤지. 봤는데……."

근데 어떻게 네크로맨서가 그렇게 움직일 수 있단 말인가.

헛것을 본 건가. 착각인 걸까?

이곳에 있는 모두가 꿈이라도 꾼 것인가…….

다크는 입을 다물었고.

긴 시간을 침묵으로 일관했다.

다음 날 무혁은 오랜만에 유라를 만나 함께 점심을 먹었다. 물론 성민우와 한소연도 함께였지만 사실 그 두 사람은 그들끼리 웃고 떠들었기에 무혁은 유라하고만 대화를 나누는 상황이었다.

"여기 괜찮죠?"

"네, 맛있네요."

"요즘 인기 있는 곳이거든요. 참, 밥 먹고 뭐 할까요?"

"당연히 일루……."

그 순간 한소연과의 대화에 빠져 있던 성민우의 손가락이 번개처럼 무혁의 옆구리를 찔렀다.

"읍!"

"하, 하하. 밥 먹고 당연히 카페에 가서 커피 한 잔 마셔야죠. 음, 그리고 영화 한 편 볼까요? 아니면 뮤지컬도 괜찮고요."

"전 영화에 한 표요!"

"저두요. 보고 싶은 영화가 있었거든요."

"오, 좋네요. 그럼 영화로 결정!"

무혁은 멍하니 그들이 자신을 빼고 일정을 결정하는 모습을 바라봤다. 그러다 성민우를 가만히 노려봤다. 그러자 성민우가 웃으며 몸을 일으키더니 양해를 구했다.

"저희 둘 화장실 좀……"

"아, 네. 다녀오세요."

성민우가 무혁을 끌었다.

"어이, 어이. 친구."

"왜?"

"어쩜 그렇게 눈치가 없어?"

"뭔 소리야?"

"밥 먹고 뭐 할지 물어보면 당연히 더 놀고 싶다는 뜻이잖아."

"흐음?"

"설마 모른다는 건 아니겠지?"

"으음, 집에 가고 싶다는 거 아냐?"

"미친……!"

"밥 먹고 뭐 할까. 그 말은 자기도 할 게 없으니까 물어본 거 잖아?"

"그, 그렇지?"

"그러니까 서로 할 일도 없으니 어서 집에 가서 일루전이나 하자. 뭐 그런 뜻 아냐?"

어떻게 그게 그렇게 해석된단 말인가.

"하아, 넌 무슨 한 10년은 혼자 지낸 놈 같다."

그 말에 흠칫하는 무혁이었다.

"10년은 무슨."

"후우, 아무튼 넌 여자를 몰라도 너무 모른다."

"그런가……?"

"그래! 그러니 입 다물고 나만 따라와. 알겠냐?"

"크흠."

무혁은 미간을 찌푸렸으나 성민우의 말에 반박할 수가 없었다. 10년을 혼자 지낸 게 사실이니까.

하루 대부분을 멍하니 보냈었고 몇 시간은 캡슐에서 일루전을 검색하거나 동영상을 보면서 지냈다. 사람하고 대화도 나누지 못하고 만지지도 못했다. 그러니 당연히 연애 세포가 죽을 수밖에.

"자, 오늘은 카페에 갔다가 영화 보는 거야. 알겠냐?"

"그래."

"좋아, 가자!"

다시 자리로 돌아가 아름다운 두 여성과 식사를 이어갔다.

이후 식당에서 카페로 이동해 커피를 마시며 이런저런 수다를 떨었다.

솔직히 무혁은 조금 귀찮고 재미없었지만, 가끔 이런 날도 나쁘지 않다고 생각했다.

"어머, 진짜 재밌네요. 민우 씨는."

"그래요? 제가 한 유머합죠. 하하!"

성민우와 이야기를 하던 한소연이 갑자기 무혁을 쳐다봤다.

"무혁 씨는 볼 때마다 더 무뚝뚝해지는 것 같아요."

"제가 좀……."

그때 유라가 끼어들었다.

"묵묵해서 멋져요."

"고마워요."

칭찬이 조금 창피하긴 했지만 그래도 기분은 좋았다.

"자, 커피도 다 마셨겠다. 일어설까요?"

"그래요."

이후 넷은 함께 영화를 보고, 거리를 돌아다니며 쇼핑을 즐겼다.

날씨가 쌀쌀했지만 함께하기 때문일까? 그렇게 춥다는 생각은 들지 않았다.

"벌써 6시네요."

"으음……."

그때 유라가 박수를 쳤다.

"조금 있으면 일루전의 세계 시작하네요!"

"아, 맞네요."

"저녁 먹으면서 같이 볼래요?"

"네?"

같이 본다고? 어디서?

"따라와요!"

유라가 그들을 이끌고 도착한 곳은 꽤나 세련된 건물이었다.

"여기가……?"

"네, 식당인데 방도 따로 있고 밥도 맛있어요."

안으로 들어가니 정말 방을 따로 줬다.

메뉴도 다양하고, 거기에 TV와 노트북까지 놓여 있었다.

"허어, 이런 곳도 있었구나……."

무혁도 조금 감탄했다.

좋은데?

이후 주문을 했고 가볍게 음식을 먹다 보니 7시가 되었다. 서둘러 TV를 틀어 채널을 맞췄다. 마침 일루전의 세계가 시작되었다.

-안녕하세요!

유라가 화면에서 인사를 했다.

바로 앞에 유라가 있는데 화면에도 유라가 있었다.

신기하다는 감정이 먼저 들었다.

"저도 사실 모니터링은 잘 안 해서……."

당사자인 그녀는 꽤나 부끄러운 모양이었다.

-자, 그럼……!

약 5분이 지났을 즈음이었다.

-다들 아시죠? 보스 몬스터 칼제칸! 그 대단했던 몬스터와의 사투를 저희 일루전의 세계가 화면에 담아봤답니다! 다들 감상해 볼까요?

어제 사냥했던 보스 몬스터 칼제칸이 나타났다.

"사실 어제 저 부분 녹화한다고 거의 밤을 샜어요."

"힘들었겠네요."

"그래도 재밌었어요."

화면에 유저들이 비쳤다.

수천이 넘는 유저가 한자리에 있는 모습은 일대 장관이었다.

그러다 누군가를 클로즈업하고서야 화면이 멈췄는데 무혁이었다.

"아……."

이번엔 무혁의 얼굴이 붉어졌다.

투구로 얼굴을 가렸다고는 하지만 그래도 자신의 모습을 TV 속 화면으로 본다는 건 상당히 낯선 경험이었다. 괜히 창피하고 부끄러운 감정이 생겨 화면을 제대로 쳐다볼 수가 없었다. 하지만 다른 사람들은 모두 멋있다며 칭찬을 했다.

"화면으로 보니까 멋진데요?"

"눈빛이 잘 나왔어요."

덕분에 무혁도 힐끔거리며 TV를 쳐다봤다.

으음…….

그들의 말대로 나쁘지 않았다.

전신이 나온 건 아니다. 투구, 그중에서도 눈빛을 집중적으로 잡았다.

그래서 더 창피한 거지만……. 뭐, 잘 나오긴 했네.

조금 익숙해졌을 즈음, 본격적인 전투가 시작되었다.

"우와……."

편집이 정말 잘되어 박진감이 넘쳤다. 물론 그때부터는 무혁의 모습이 잡히지 않았다. 거대 길드나 유명한 랭커가 화면에 주로 나왔다.

문득 홈페이지의 반응이 어떤지 궁금해졌다. 성민우도 같은 생각이었는지 노트북을 펼쳤다.

"왜?"

"아, 홈페이지 좀 보게."

"오, 통했는데?"

"크크, 역시."

유라와 한소연도 호기심 어린 표정이었다.

"같이 봐요."

"아, 물론이죠!"

그렇게 넷이서 모여 노트북 화면을 쳐다봤다.

"일단 홈페이지는 너무 번잡하니까 채팅방에 들어가 보죠."

일루전 홈페이지에 로그인한 사람만 접속할 수 있는 채팅방이 있었다. 그곳에 들어가자마자 진행되고 있는 이야기를 볼 수 있었다.

  -아, 완전 부럽네요. 어제 일이 있어서 접속을 못했는데…….
  -저두요. 하, 보스 몬스터라니!
  -전 구경하려고 부크 왕국에 직접 갔는데 사람이 너무 많아서 움직이지도 못했어요. 뭐 레벨이 낮아서 북문으로 나서봤자 몬스터한테 바로 죽었겠지만.
  -아무튼 대단하네요.
  -네, 전투가 엄청 박진감이 넘쳐서 좋음!
  -와, 빨려들 듯. 진짜 편집 잘했네.

  쉴 새 없이 채팅이 올라왔다.
  "와, 반응 좋은데?"
  "뭐, 이런 사건이 자주 있는 게 아니니까."
  게다가 전투 영상도 잘 나왔고.

  -키아아아악!

  그 순간 칼제칸의 괴성이 울리더니 놈의 폭격이 화면에 잡혔다.
  "후아……"
  "TV로 보니 더 무섭네요."

"정말요, 무혁 씨는 저런 괴물하고 싸운 거죠?"

"네."

"그리고 이겼다면서요?"

"이긴 건 아니고요."

"그럼요?"

"그냥 조금 버틴 거죠."

"겸손하시네요."

네 사람은 다시 TV에 집중했다. 하지만 시간이 지날수록 조금씩 지루해졌다.

아무리 편집을 잘해도 전투가 벌어지지 않는 순간이 너무 많아서 어쩔 수가 없었던 것이다. 수시로 소강상태를 유지하는 모습이 나오자 지켜보는 이들도 대충 눈치를 챈 것이다.

-저게 뭐죠? 지금 랭커가 다 쫄아서 거리 유지하는 거?

-전 '가자, 일루전!' 보고 있는데 영상은 비슷한 듯. 지금 소강상태네요.

-전 '일루전의 세계' 시청 중. 근데 마찬가지.

-맞네요. 아까부터 뭔가 이상하다 싶었는데…….

-전투가 거의 반복되네요.

-좀 심하다. 아무리 보스 몬스터라지만 저기 랭커만 몇 명인데.

-우리가 기대한 건 이런 모습이 아닌데 말이죠.

그러는 와중에도 프로그램은 계속되었다.

도발, 견제 그리고 거리 유지가 오랫동안 반복됐다.

-아, 많이 지겹네요. 그냥 일루전이나 할까.

-저도 고민 중.

-랭커들 대실망이요.

-솔직히 보스 몬스터가 너무 센 거죠, 뭐.

-저도 그 자리에 있었는데 진짜 사기였어요. 그걸 어떻게 잡아요.

그 순간 칼제칸에게 1차 변화가 발생하고 이성을 잃은 채 날뛰기 시작했다.

-오, 오오? 이제야 제대로네!

-와, 랭커들이 그냥 녹아버리는데요?

-제 친구도 녹아서 죽음.

-접근만 해도 HP가 따르죠?

-맞아요. 저기 제가 아는 랭커도 있는데 걔는 한 방에 죽음.

-아, 점프해서 내리꽂는 거요?

-네, 어제 싸웠던 사람들은 폭격이라고 부르던데요?

-폭격, 말 그대로 폭격이네요.

-네, 진짜 말도 안 돼요. 저 보스 몬스터는.

-윗님 말씀대로 다가가기만 해도 HP가 엄청 닳나 보네요. 다들 접근을 안 함. 원거리에서 공격하면 폭격을 하고…….

-솔직히 나라도 난감할 듯.

-초반 거리 유지가 어쩔 수 없었던 거죠.

-미치겠다, 진짜. 겁나 세!

그리고 2차 변화까지.

그 순간 폭격을 시도한 칼제칸의 모습이 느리게 잡혔다.

-허어, 방금 붉은 기류 더 강해졌어요!

-2차 변화라네요.

-2차 변화라니, 후덜덜.

-와, 슬로우 모션으로 해도 이 정도로 빠름?

-주변 시간만 느려지고 칼제칸은 본래 시간대로 움직이는 느낌이네요.

-그 정도로 내리꽂히는 게 빠르단 거.

-저기 있던 유저 다 사망각.

그 순간이었다.

치솟은 먼지를 뚫고 한 명의 유저가 모습을 드러냈다.

-헐? 뭐, 뭐죠? 지금 '일루전의 세계' 보시는 분?

-저 보고 있음.

-폭격에서 살아남은 유저, 있는 거 맞죠? 제가 잘못 본 거 아니죠?

-아, 맞음. 지금 칼제칸이랑 1:1로 맞짱 뜨고 있어요!

-헙, 대박. 다른 랭커는 그냥 한 방에 죽어 나가던데. 저 유저는 얼마나 레벨이 높기에 저런 말도 안 되는 움직임을 보임?

-스킬 아니겠음? 사용 시간 끝나면 다시 느려질 듯?

하지만 꽤 오랜 시간 이어졌다.

-엄청 긴 스킬인 듯?

-어쩌면 그냥 순수 능력이던가.

-에이, 그건 진짜 말이 안 되는데.

-지금 저 모습도 말이 안 됨.

-난, 몰라. 그냥 이런 걸 원했을 뿐! 좋다! 화끈하다!

설마 다크?

-아, 한 번도 정체가 드러난 적이 없는 1위요?

-맞아요. 그분이 아니라면…….

-으흠. 그럴지도!

-근데 진짜 대박이네, 저 유저 확실하게 아는 분은 없나요?

…….

-아무도 아는 분 없어요?

-없는 듯.

-허어, 진짜 다크 님인가.

반응이 상당히 뜨거웠다.

특히 무혁이 칼제칸의 다리를 공격했을 때가 절정이었다.

-헙, 방금 그……

-저거 유저 맞아요?

-대박……!

-저 팔에 소름 돋았어요!

-전 지렸음.

-이미 팬티 한 장 갈아입었음!

TV보다 오히려 일루전 채팅이 더 재미가 있었다. 같은 라인에 앉아 있던 유라와 무혁의 신체가 조금씩 가까워졌다.

노트북 화면을 제대로 보기 위한 본능적인 움직임이었다. 그러다 문득 무혁은 유라의 머릿결 냄새를 맡았고, 뒤늦게 정신이 들었다.

아, 아……?

향기가 코끝을 찔러왔다. 아찔했다.

그렇다고 갑자기 뒤로 물러서면 오히려 이상하지 않을까?

곤혹스러운 표정으로 고민했다.

어떡하지?

아래에 있던 유라 역시 당황하긴 마찬가지였다. 그녀라고 무혁의 온기를 느끼지 못했을 리 없었다.

등 뒤에서 올라오는 그의 숨결과 미묘한 터치가 야릇함을 선사했다.

"와, 대박!"

그 순간 터진 성민우의 외침에 둘은 화들짝 놀라며 본래의 자리로 돌아갔다.

"뭐, 뭐가 대박인데?"

"어? 아니, 너 화면에 엄청 멋있게 잡혀서. 완전 영화 보는 줄 알았네."

"그랬나······?"

"어, 진짜 끝내줘!"

곧이어 칼제칸이 쓰러졌다.

-우와! 죽인다, 죽여!

-난 이 동영상 편집해서 다시 올릴 생각.

-편집?

-네, 각 방송사마다 멋진 것들만 추려서 올려봄. 기대하세요!

-오오, 좋을 듯!

-어서 올려주세요!

-전 칼제칸이랑 1:1로 붙은 유저 찾아보렵니다.

-왜요?

-궁금하잖아요!

-인정, 진짜 대단함. 그 정도 실력이면 요즘 나오는 어중이떠중이 랭커보다 훨씬 강하다는 건데, 그런 유저가 TV에 나와야죠.

성민우가 고개를 연신 끄덕였다.

"반응 좋지?"

"응, 생각보다."

"네 얘기가 엄청 많아."

"그러게……."

"역시 대단해. 근데 걱정은 안 되냐?"

"흐음, 다 가렸잖아."

많은 유저의 관심이 부담스럽긴 하지만 솔직히 누군가를 찾는 게 쉬운 일은 아니다. 게다가 전투가 너무 치열해서 화면에 잡힌 무혁의 모습이 상당히 흐렸다.

착용하고 있는 무구를 제대로 확인할 수 없을 정도였기에 걱정은 되지 않았다. 물론 처음에 클로즈업되어서 나오긴 했지만 그때는 눈빛이 위주였기에 칼제칸의 폭격을 피한 유저와 동일 인물로 생각하긴 어려웠다.

"그래도 관심이 장난이 아닌데?"

"별수 없지."

"오호, 의외의 모습!"

무혁이 어깨를 으쓱거렸다.

"하긴, 저것만으로 찾긴 어렵겠지."

"아마도."

더 이상 약 올릴 생각은 없는지 성민우가 두 여인을 쳐다봤다.

"더 볼까요?"

"아, 괜찮아요."

"저도요."

"오케이, 그럼 여기서 종료!"

채팅방에서 나온 후 홈페이지 로그아웃을 했다.

이후 노트북을 덮고 음식을 먹었다. 조금 식기는 했지만 개의치 않았다.

오히려 네 사람 모두 미묘한 흥분으로 달아오른 상태라 평소보다 더 많은 대화를 나눴고 또 웃음을 터뜨렸다.

나쁘지 않은 하루였다.

제5장
토벌대 참여

그날 저녁.

유라와 한소연을 바래다준 무혁과 성민우는 갈림길에서 잠깐 차를 세웠다.

"일루전 접속할 거냐?"

"음, 잠들긴 좀 이르지?"

"어, 이제 9시니까."

"그럼 접속해서 의뢰만 받자."

"오케이."

"좀 이따 보자."

약 20분 후에 집에 도착한 무혁은 샤워를 한 후 일루전에 접속했다.

음?

생각보다 많은 유저가 있었다.

"크, 여기가 거기란 말이지?"

"어, 아직도 구멍 있는 거 봐라."

보스 몬스터가 죽었음에도 불구하고 많은 유저가 이곳을 찾아온 것 같았다.

그 정도로 이번 전투가 많은 유저에게 충격을 안겨다 줬음이리라.

"보상 이야긴 들었어?"

"어, 어떤 상위 랭커가 골드 박스를 1개 얻었다더라. 2위라던데?"

"뭐 좋은 거 나왔대?"

"대박이래."

"대박?"

"응, 근데 자세한 건 모른다더라."

"쩝, 아쉽네."

무혁의 눈이 빛났다.

'2위가 골드 박스 1개?'

무혁은 3개를 얻었으니 차이가 있었다.

무혁은 그들과 조금 거리를 벌린 후 인벤토리에서 골드 박스 1개를 꺼냈다.

골드 박스, 오픈.

황금색 빛이 미미하게 뿜어지더니 박스가 사라지고 그곳에 대신 장갑 하나가 모습을 드러냈다. 검은색 면장갑이었는데 광택이 나는 것이 꽤 고급스러워 보였다.

[다크니스의 장갑]
공격력 15
방어력 10
마법 공격력 25
마법 방어력 15
내구도 180/180
사용 제한 : 힘 35, 체력 35, 지식 25, 지혜 25

보는 순간 미간이 찌푸려졌다.
'사용 제한이 참……'
하지만 옵션은 뛰어났다. 현재 착용하고 있는 공격력 10짜리, 전투의 장갑보다 좋았기에 곧바로 바꿨다.
다크니스의 장갑 착용하고 두 번째 골드 박스를 꺼냈다.
이번 아이템은 어깨 견갑이었다.

[헤르메스의 어깨 견갑]
방어력 5
공격 속도 +5%
이동속도 +5%

반응속도 +1%

내구도 200/200

사용 제한 : 체력 50, 민첩 30

절로 탄성이 나왔다.

이동속도가 5퍼센트……!

이 아이템을 착용하고 윈드 스텝을 사용하면 지금보다 더욱 빨라지리라. 게다가 공격 속도와 방어력도 증가시켜 줬다.

그리고 무엇보다도 반응속도 1퍼센트, 어쩌면 이게 가장 좋은 옵션이리라.

진짜 괜찮은데?

이건 대박이라 봐도 무방했다. 고민할 것도 없이 어깨 견갑도 착용했다.

기대 속에 마지막 하나를 서둘러 개봉했다.

'아르반의 귀걸이라…….'

옵션은 정말 좋았다. 그런데 사용 제한이 앞을 가로막았다. 스탯이 너무 부족한 상황이라 아이템으로 커버하기에도 무리가 있었다.

아쉽지만 별수 없지.

현재 무혁이 착용한 아이템은 상당히 뛰어난 수준이다. 아마 일루전에 엄청난 돈을 투자한 유저와 비교해도 밀리지 않을 것이다. 정보를 토대로 앞서 나간 덕분이었다. 그런 상태에서 군이 기존의 아이템을 벗고 지식과 지혜를 올릴 필요는 없었다.

이건 팔자.

결정을 내린 후 경매장에 등록했다.

마침 성민우가 모습을 드러냈다. 성민우가 미안한 표정을 지었다.

"좀 늦었지? 차가 막혀서."

"괜찮아, 나도 씻고 방금 들어왔거든."

"허어, 난 못 씻었는데."

성민우가 미간을 찌푸렸다.

"아, 겁나 찝찝해."

"큭, 아무튼 가자."

"아, 잠깐만. 나 박스 좀 까고."

성민우가 얻게 된 실버 박스 2개를 꺼냈다.

"자, 어디 한번 감탄할 준비를 해보실까나!"

그러면서 박스를 차례대로 개봉했다.

"으으, 떨린다!"

뒤이어 하나씩 옵션을 확인하더니 이내 입가로 환한 미소를 지었다.

"크아, 이번 달도 대박이다!"

"괜찮은가 보네?"

"어, 끝내준다. 참, 너는?"

"난 2개는 괜찮은 거 얻어서 착용했고 1개는 제한 때문에 경매장에 올렸다."

"아, 3개 얻었다고 했지?"

"어."

"나도 내가 쓸 거 1개랑 팔 거 1개."

"경매장에 올리게?"

"어, 잠깐만."

성민우가 아이템을 경매장에 등록할 동안 무혁은 현재 상태를 확인해 봤다.

[기본 정보]

이름 : 무혁

레벨 : 76

직업 : 조폭 네크로맨서

명성 : 4,012

[기본 스탯]

힘 : 66 / 민첩 : 40 / 체력 : 59

지식 : 29 / 지혜 : 46

보너스 포인트 : 0

[특수 스탯]

지구력 : 8 / 집중력 : 8 / 유연성 : 8

행운 : 8 / 손재주 : 97

보너스 포인트 : 0

[상세 정보]

HP : 4,430 / 분당 회복률 : 208

MP : 4,370 / 분당 회복률 : 476

물리 공격력 : 198+15 / 마법 공격력 : 145+25

물리 방어력 : 57+80 / 마법 방어력 : 73

공격 속도 : 169+7%

이동속도 : 134.5+12%

반응속도 : 104+1.5%

무기를 들지 않은 상태임에도 이 정도였다.

'후, 엄청나긴 해.'

동레벨 유저와는 비교 불가의 수치였다.

생각해 보면 정말 많은 것을 독점했다. 업적 포인트, 제국 공헌도, 던전, 붉은 탑, 보스 몬스터, 무수한 칭호와 수련관1, 2차 퀘스트…… 게다가 조폭 네크로맨서라는 특수한 직업까지.

이 정도도 못하면 그게 바보겠지.

상태창을 끄고 성민우를 지켜봤다.

"아, 다했다."

마침 그도 물품 등록을 마쳤다.

"가자."

"오케이."

두 사람은 유저로 북적거리는 들판을 가로질러 부크 왕국으로 향했다. 그곳에서 워프 게이트를 이용해 위브라 제국으로 넘어간 후 용병 길드에 들러 의뢰서를 뒤적거렸다.

⬤

일루전 홈페이지에 로그인을 한 유저, 알콘은 오랜만에 채팅방에 들어갔다.

아, 뭐 괜찮은 정보 없나.

전에는 일루전에 접속하기 전, 그리고 나온 직후에 대략 하루에 30분을 채팅방에서 소모했다. 가끔 괜찮은 정보가 나와서 유용하게 사용했던 기억이 있었기 때문이다.

[채팅방에 입장합니다.]

그는 가만히 화면을 주시했다.

-아, 그래요?

-네, 꽤 옵션이 괜찮아요. 근데 72시간 경매라…….

-시작 가격도 100골드네요.

-그래도 확실히 마법사나 사제한테는 꿀템인데요?

-솔직히 이 정도 옵션이면 최고죠.

-맞아요. 돈이 없어서 못 사지.

무슨 소리를 하는 걸까.

-방금 접속했는데요, 무슨 얘기에요?

-아, 경매장에 괜찮은 물건 나와서요.

-그래요? 어떤……?

-스샷 찍은 거 올려드릴게요.

[아르반의 귀걸이]

지혜 +5

지식 +5

마법 공격력(20) 상승

MP 회복률(25) 상승

내구도 100/100

사용 제한 : 지식 35, 지혜 55

[경매]

[시작 가격 : 100골드]

[현재 입찰 금액 : 110골드]
[남은 시간 : 70시간 55분 12초]

다시 채팅에 글이 올라왔다.

-어때요, 괜찮죠?
-허, 헐…….

화면을 주시하던 알콘의 눈이 커졌다.
이거 완전…….
마법사인 그에겐 환상적인 옵션이었다.
대박, 내가 사야지!
모든 게 다 있었다. 지식, 지혜와 마법 공격력까지…….
MP 회복률도 좋고!
하지만 어차피 3일이란 시간이 남은 상황이다.
으음, 내가 지금 최대한 끌어모을 수 있는 돈이 얼마더라?
평정심을 유지하며 계획을 세웠다.

3일이 동안 마법사 유저 알콘은 모든 비상금을 털어 골드를 구입했다.
경매 시간이 10분이 남았을 때 알람을 듣고 일루전에 접속해 경매 시스템에서 아르반의 귀걸이를 검색했다.

좋아, 10분 남았고.

현재 입찰 금액은 250골드였다.

괜찮아, 아직은.

순식간에 시간이 흘렀다.

두근두근.

알콘의 심장 박동 소리도 덩달아 빨라졌다.

1분이야, 1분.

어느새 입찰 금액이 350골드까지 치솟았다.

"후우, 침착하고."

10초가 남을 때까지 대기.

500골드까지 상승.

4초, 3초, 2초.

지금!

곧바로 입찰을 시도했다.

1,000골드, 제발!

눈을 감고서 기도했다.

대략 10초 정도 흘렀을 즈음, 슬쩍 조심스럽게 눈을 떴다.

조심스럽게 눈을 떴다.

······!

본인도 모르게 헛바람을 들이켰다.

['아르반의 귀걸이'가 '1,000골드'에 낙찰되었습니다.]

한 줄의 메시지가 그를 환호하게 만들었다.

🌑

오늘도 마찬가지로 퇴치 의뢰를 수행하기 위해 몬스터를 사냥하던 중 목걸이가 팔렸다는 메시지가 떴다.

['아르반의 귀걸이'가 낙찰되었습니다.]
[낙찰 금액을 확인합니다.]
[수수료 10퍼센트를 제외한 900골드를 획득합니다.]

나쁘지 않은 가격이었다.

아니, 좋지.

그러고 보면 최근 아이템이나 골드 판매로 인한 수입을 제외하고는 돈을 버는 구멍이 없었다.

정보 게시판과 자유 게시판에 올린 글은 진즉에 순위가 모두 떨어졌고, 유료 게시판에 올린 둔화의 독과 환각의 독 배합률 역시 조회 수가 오르지 않았다.

흐음, 몬스터 공략법이나 올려볼까.

예전부터 생각하고 있던 것 중 하나였다.

시기도 적당하니 나중에 한번 간추려 봐야겠네.

생각을 정리하고 다시 사냥에 집중했다.

"아, 다 모았다."

"그래? 가자."

곧바로 위브라 제국의 용병 길드로 돌아갔다.

[용병 길드의 의뢰를 수행하셨습니다.]

[의뢰 난이도(D등급)를 확인합니다.]

[용병 포인트(50점)를 획득합니다.]

[보상(50골드)을 획득합니다.]

[보상(경험치)을 획득합니다.]

보상을 받은 후 또 다른 의뢰를 받기 위해 왼쪽에서 대기하며 임무 목록을 훑었다.

"괜찮은 게 없네."

"그러게."

"하아, 이제 설날도 3주밖에 안 남았고."

"아, 언제더라?"

"2월 중순. 그때 집에 갈 거 생각하면……."

"뭐, 어때."

"아직 일루전에 올인한다고 밝히기는 좀 그렇고, 가만히 있으면 취업 문제로 들들 볶을 거 아니냐. 생각만 해도 소름이다."

무혁은 이미 모두 밝혔기에 거리낄 게 없었다.

난 신경 쓸 필요 없겠고.

현재 무혁에겐 그보다 중요한 게 있었다. 어서 80레벨을 찍는 것이었다. 현재 레벨이 77이었고, 3레벨만 올리면 또 다른 스킬을 배우기 때문이었다.

설날 전까지는 올리겠지.

퀘스트까지 병행하고 있으니 대략 5일에서 6일이면 레벨 하나를 올릴 수 있다. 즉, 15일에서 18일 정도면 80레벨을 찍는 게 가능하다는 소리였다.

깔끔하게 스킬까지 배우지, 뭐.

그리고 가족들과 함께 설을 보내면 되리라.

그때였다.

"모두 주목해 주세요!"

용병 길드의 직원으로 보이는 자가 크게 외쳤다. 줄을 서 있던 유저들의 눈이 전부 그를 향했다.

시선이 주목된 것을 확인한 그가 말을 이어갔다.

"반갑습니다. 용병 길드의 부길드장, 스위렌입니다."

"부길드장?"

"호오, 높은 직책이네?"

"무슨 일이지?"

유저들이 호기심을 보였다.

"다들 바쁘실 테니 용건만 말하겠습니다. 위브라 제국의 카이론 백작께서 4주라는 기한 한정의 몬스터 토벌 의뢰 50개를 요청했습니다. 하나의 퀘스트를 해결할 경우 위브라 제국 공헌도가 5씩 상승합니다."

대부분이 이해를 못하고 있었다.

"퀘스트 50개?"

"공헌도?"

"도대체 무슨 말이야?"

두 사람, 무혁과 성민우만이 눈을 빛냈다.

서로를 보며 속삭였다.

"전부 클리어하면……."

"250점이네."

아직 끝나지 않은 부길드장의 말이 이어졌다.

"그리고 의뢰 기간이 끝났을 때, 공헌도가 200점이 넘는 분에 한해 미개척 지역 탐사대에 합류할 수 있는 자격을 부여한다고 카이론 백작님께서 말씀하셨습니다. 그러니 다들 힘내서 성과를 보여주시길 부탁드리겠습니다."

무혁의 정신이 번쩍하고 들었다.

아, 이거였어?

첫 번째 미개척 지대 탐사 퀘스트에서 가장 기여도가 높았던 유저가 받았던 보상이 떠오른 것이다.

이건 놓칠 수 없지.

무혁과 달리 유저들은 아직 이해를 못 했다.

"무슨 소리인지 잘 모르겠는데요!"

"상세한 설명 부탁드려요!"

"미개척 지대?"

"탐사를 한다고?"

"그보다 의뢰가 겨우 50개라뇨!"

"너무 적은데요!"

유저들의 소란에 부길드장이 탄성을 뱉었다.

"아, 죄송합니다. 미처 설명하지 못했군요. 잠시 부연 설명을 하겠습니다. 지금까지는 누군가가 먼저 의뢰를 완료할 경우 해당 의뢰가 사라지면서 그 보상을 받지 못했습니다. 하지만 카이론 백작님의 기한 한정 의뢰는 다른 누군가가 완료하더라도 그에 상관없이 의뢰 수행이 가능합니다. 다만 본인이 직접 수행한 의뢰는 다시 수행할 수 없음을 밝힙니다. 즉, 여러분은 4주라는 시간 안에 50개의 의뢰 중에서 40개의 의뢰를 완료하시면 미개척 지역 탐사대에 들어올 수 있습니다."

그제야 다들 수긍했다.

"대박, 미개척 지대를 탐사한다고?"

"와, 드디어……!"

"또 홈페이지 난리 나겠는데?"

"유저들 또 엄청나게 모이겠네."

"이건 무조건 가야지!"

"그보다 40개라……."

"그 정도는 클리어할 수 있어야 토벌대에 참가할 수준이 된다는 거겠지?"

"아마도."

의도는 명확해졌다.

"우리도 의뢰받자."

"그래야지."

운이 좋게도 첫 번째 대기자가 무혁과 성민우였다. 덕분에 의뢰를 가장 먼저 받을 수 있었다.

"저희 의뢰 신청하겠습니다."

"알겠습니다."

"동시에 다 받을 수 있나요?"

"한 번에 3개까지만 수행할 수 있습니다."

"그러면……."

거리가 가장 가깝고 난이도가 낮은 것을 추려 그에 부합하는 세 가지를 선택했다.

"첫 번째랑 세 번째, 그리고 일곱 번째로 하죠."

곧이어 메시지가 떠올랐다.

[퀘스트 '오크 토벌'을 수락합니다.]

[퀘스트 '오크 전사 토벌'을 수락합니다.]

[퀘스트 '리자드맨 토벌'을 수락합니다.]

퀘스트 자체는 어렵지 않았다.

"각 70마리만 잡으면 되네."

"어, 금방 깨겠는데."

하지만 방금 받은 세 개가 최저 난이도 퀘스트였다. 위의 퀘스트 3개를 클리어하더라도 앞으로 37개의 의뢰를 더 깨야 하는데 그러기 위해선 노력이 꽤 필요할 것 같았다.

"가자."

둘은 용병 길드에서 나와 오크 부락으로 향했다.

이동에 꽤 오랜 시간이 걸렸고 막상 사냥은 짧게 끝났다.

오크 부락에서 오크와 오크 전사를 처리한 후, 멀지 않은 곳에 위치한 리자드맨을 죽이는 것으로 퀘스트를 마무리 지었다.

퀘스트 세 개를 완료하고도 오후 6시밖에 되지 않아 저녁을 먹은 후 다시 접속해서 의뢰 2개를 더 클리어했다.

"뭐야, 쉽잖아?"

"그러게?"

무혁도 생각보다 쉽다는 느낌이 들었지만, 그 생각은 다음 날 곧바로 사라졌다.

하루 종일 피땀을 흘리며 사냥을 했음에도 겨우 3개의 의뢰밖에 클리어하지 못한 것이다.

잡아야 할 몬스터의 수가 200마리로 증가한 탓이었다. 그다음 날은 겨우 2개……. 그렇게 1주일 동안 총 18개의 의뢰만을 클리어할 수 있었다.

다시 1주일이 더 흘렀을 땐 겨우 9개를 클리어하여 총 27개의 의뢰를 마칠 수 있었다.

"2주 정도 남았지?"

"어, 13개는 더 클리어해야 돼."

"후우, 힘내자."

둘은 다시 사냥을 이어갔고, 그 날 의뢰 하나를 완료함과 동시에 무혁이 80레벨이 되었다.

[새로운 스킬을 습득할 수 있습니다.]

중요한 스킬을 획득할 수 있는 레벨이었다.

"지금 갔다 오려고?"

"응, 다녀와야지."

"음, 그럼 용병 의뢰 클리어할 시간이 부족하지 않을까?"

"아니, 더 빨라질 거야."

"그래?"

"어, 아주 괜찮은 스킬을 배우거든."

"얼마나 좋은 스킬인데?"

"궁금하냐?"

"당연하지."

"직접 봐."

무혁이 놀리자 성민우가 헤드록을 걸었다.

"이놈의 새끼가."

"윽, 아무튼 갔다 온다. 금방 올 거야."

"오케이, 알겠어. 그럼 난 용병 길드에서 의뢰서나 좀 보고 있지, 뭐."

무혁은 곧바로 헤밀 제국에 위치한 발시언 영감의 집으로 향했다.

똑똑.

"스승님."

노크를 하면서 입을 열었다.

문이 벌컥 하고 열렸다.

"뭐냐!"

"저 왔습니다."

"무슨 일이냐고!"

예전이나 지금이나 발시언 영감은 똑같았다.

정정했고, 또 괴팍했다.

"전에 말씀하셨잖아요?"

"내가 뭘?"

"때가 되면 또 보게 될 거라고."

발시언 영감의 미간이 찌푸려졌다.

이렇게나 빨리?

그가 생각하던 시기보다 훨씬 빨랐다. 아니, 빨라도 너무 심하게 빨라서 아무래도 제자가 착각한 것이라 여겼다. 그래도 오랜만에 찾은 제자를 그냥 돌려보낼 순 없는 노릇이었다. 그는 표정을 풀며 고개를 끄덕였다.

"헛소리 말고 들어오기나 해라."

"예!"

안으로 들어섰지만 발시언 영감은 여전히 못마땅한 표정으로 무혁을 쳐다보고 있었다.

"흐음, 때가 된 것 같다고?"

"네."

"이놈의 새끼!"

그러면서 옆에 있던 지팡이로 머리를 때렸다.

"왜, 왜 그러세요?"

"때가 되긴 개뿔이! 네크로맨서라는 직업이 그렇게도 쉬운 건 줄 알았냐!"

"……."

"이놈, 대답도 없구나! 내가 너한테 한층 발전한 기본 기술을 알려준 것이 언제더냐? 그런데 벌써 때가 되다니. 자만은 결국 실패를 부르는 법인 게야!"

뭐라고 대꾸를 해야 할까? 진짜 80레벨 찍었는데……. 새로운 스킬을 배울 때라고 메시지도 떠오르지 않았던가.

모두가 너무 빠른 성장이 부른 폐해였다.

"하아."

"이놈이, 한숨은!"

"저, 스승님."

"그래, 이제 반성을 하는 게냐?"

"저기, 그러니까……."

"본래 사람은 누구나 실수를 하는 법. 반성을 한 것 같으니 내 이번은 용서하마. 오늘의 일을 절대 잊지 말고 경험으로 삼아라. 그래도 기왕에 왔으니 물이라도 한잔 마시고 가라."

발시언 영감이 컵에 물을 따라줬다.

이걸 어찌해야 할까.

무혁은 눈을 감고 외쳤다.

"스승님!"

"으, 으응?"

외침에 당황한 지금이 기회다.

"확인이라도 해주시죠."

단호한 시선으로 발시온과 눈을 마주쳤다.

"뭐, 뭘 말이냐?"

"제가 때가 되었는지 아닌지 확인이라도 해달라구요."

그 말에 발시언 영감이 다시 화를 냈다.

"이놈이, 아직도 정신을 못 차린 거냐!"

"확인이라도 해주십시오."

"이놈이 그래도!"

무혁은 계속 말했다.

"확인이라도 해주십시오! 스승님."

"……."

"확인이라도 해주……"

"알겠다, 이놈아. 왜 이렇게 말이 많어!"

"감사합니다."

"어휴, 골이야. 이리 와 앉거라."

"예."

무혁이 몸을 일으킨 후 발시언 영감의 앞으로 이동했다.

자리를 잡고 앉자 발시언 영감이 귀찮음이 역력한 표정으로 손을 대충 들어 올렸다. 그의 손에서 시작된 영롱한 빛은 무혁의 시선을 사로잡기에 충분했다.

화아악.

이내 무혁의 전신을 휘감았고.

"……!"

얼마 지나지 않아 눈을 뜬 발시언 영감의 표정이 어느새 진중해져 있었다. 당황스러움을 감추지 못한 동공이 거칠게 흔들렸다.

"너, 네 이놈……!"

"확인하셨죠?"

"크, 크흠."

이내 발시언 영감이 시선을 피했다.

아, 개 쪽이구나.

딱 그런 표정이었다. 무혁은 자기도 모르게 실소했고 그 웃음에 발시언 영감이 고개를 휙 하고 돌렸다.

"웃기냐!"

"아, 아뇨."

"크흠, 앞서 말했듯이 사람은 누구나 실수하는 법이다."

"그럼요."

"그러니 잊어."

"알겠습니다, 스승님."

"크흠, 좋다. 암튼 정말로 때가 되었구나."

"예."

"이번엔 시험 같은 건 없다."

이미 알고 있던 사실이지만 무혁은 애써 놀랍다는 표정을 지었다.

"정말인가요?"

"그럼, 이 스승이 거짓을 말하겠냐."

"아닙니다."

"그래, 스승을 믿어라."

발시언 영감이 책을 하나 꺼냈다.

"자, 받거라."

"이건……?"

"그 책을 보게 되면 새로운 힘을 얻을 거다."

"아, 감사합니다."

스킬북이었다.

"크흠, 아무튼 내 예상보다 훨씬 빠르게 성장을 했으니 특별히 선물을 주지."

"네? 선물이요?"

"그래, 불만이라도 있냐?"

"아, 아뇨."

80레벨 스킬을 배우는 시점에서 발시언 영감에게 선물을 받았다는 소리는 들어본 적이 없었다.

조폭 네크로맨서의 수제자 칭호 때문인가?

암튼 준다니 마다할 생각은 없었다.

"이리 와라."

"아, 네."

발시언 영감의 앞으로 이동했다.

"이건 특별한 문신이다."

그러면서 무혁의 볼에 손가락으로 문양을 그렸다.

"소환 계열 스킬의 MP 소모가 절반으로 줄어들지."

"예……?"

무혁은 분명 잘못 들었다고 생각했다.

"수제자이기도 하고, 또 내 예상보다 성장 속도가 빨라서 주는 특별한 선물이니 평생 감사하도록 하고. 알겠냐?"

"아, 그게……."

"싫냐?"

"아, 아뇨. 좋습니다."

"크흠, 그래. 암튼 끝났다."

무혁은 자신의 볼을 쓰다듬었다.

뭐야, 이걸 여기서?

소환 계열 스킬의 MP 소모를 절반으로 줄이는 건 이 문신만 있는 게 아니다. 각 제국에 위치한 전사나 마법사 길드의 장도 그와 흡사한 무언가를 지니고 있다고 한다. 다만, 조건이 충족될 경우에만 얻을 수 있는데 그 조건이 너무 까다로웠다.

무혁 역시 조폭 네크로맨서가 얻을 수 있는 이 문신에 대해 많은 조사를 했지만 결국 알아낸 게 하나도 없었다. 그런데 그런 문신을 지금 얻게 된 것이다.

침을 꿀꺽 삼키며 정보를 확인했다.

[발시언의 문신]
소환 계열 스킬의 MP 소모가 절반으로 줄어든다.

이건 환호하지 않을 수 없었다.

"가, 감사합니다!"

"그렇게 좋냐?"

"그럼요!"

"크흠, 당연히 좋아야지. 이로써 너도 진정한 조폭 네크로맨서의 길에 진입한 것이니까. 앞으로는 더욱더 많은 스켈레톤을 이끌어야 할 몸. 노력하여 많은 이에게 조폭 네크로맨서가 세상에 존재하고 있음을 알리도록 하거라."

"예, 스승님!"

"클, 그래. 이제 볼일 다 봤으면 가라."

"벌써요?"

"나 바빠!"

"알겠습니다. 그럼."

진심으로 그에게 인사했다.

꾸벅.

발시언은 보지 않는 척했으나 입가엔 미소가 가득했다.

"다음에 또 찾아뵙겠습니다."

"그러던가."

집을 나선 무혁이 주먹을 쥐었다.

꽈악.

그렇게도 애를 먹였던 MP 소모 문제가 해결되었다.

[스켈레톤 전사 소환 8Lv(71%)]

검에 소질이 있는 스켈레톤 16마리를 소환할 수 있다. 기술의 레벨이 높아질수록 소환 가능한 숫자와 10초당 소모되는 MP가 증가한다.

-10초마다 소모되는 MP : 개체당 1.5

본래 10초마다 개체당 3이 필요했다. 그런데 이젠 1.5였다.

전사가 16마리, 아처가 8마리, 메이지가 5마리. 총 29마리를 소환해도 10초에 43.5의 MP만 소모된다. 1분에 겨우 261의 MP만 줄어들게 되는 것이다.

현재 무혁의 MP 회복량이 400이 넘으니 성장세까지 고려해도 대략 60마리 이상을 동시에 소환할 때까지는 걱정이 없게 되었다.

스윽.

여기에 새로운 스킬까지 배웠다. 책을 펼치자 메시지가 떠올랐다.

[스킬 '스켈레톤 군마'를 습득합니다.]

무혁은 웃으며 외쳤다.

"스켈레톤 군마, 소환."

그러자 뼈로 이뤄진 두 마리의 말이 나타났다. 바로 타보려고 했지만, 그냥 앉기에는 불편하기에 우선 마구간에 들러 안장과 고삐를 두 개씩 샀다. 그리고 다시 군마를 소환해 안장을 얹고 고삐를 채웠다.

"좋아."

스켈레톤 군마는 지치는 일도 없고 보통의 말과 비교해도 절대 느리지 않았다. 지금까지 걸어서 1시간을 이동했어야 할 거리도 이젠 10분에 주파가 가능해진 것이다.

게다가 스켈레톤 군마는 그 자체만으로도 강력한 소환수

다. 말의 박치기와 뒷발 차기는 결코 무시할 수 없었다.

여기에 훗날 배우게 될 또 다른 스킬과 연계한다면 기동력이 아주 뛰어난 무력 부대로 변모하게 된다.

이제 가 볼까.

말 한 마리는 역소환시켰다.

"으차."

남아 있는 군마의 등에 올라탔다.

"우와! 저거 말이야?"

"스켈레톤 말?"

"저런 건 처음 보는데?"

"누구지?"

현재 투구를 착용한 상태였지만 그럼에도 시선이 부담스러웠다.

쩝……

무혁은 군마에서 내렸다.

"역소환."

그냥 걸어서 성민우가 기다리고 있는 용병 길드로 향했다.

"벌써 왔냐?"

"어, 그냥 레벨만 맞으면 되니까."

"아하, 근데 뭐 배웠어?"

"일단 의뢰부터 받고."

"의뢰라면 내가 몇 개 찾아놨어."

"그래?"

무혁은 성민우가 찾은 의뢰를 보며 고개를 끄덕였다. 거리와 난이도 모두 적당했다.

"이걸로 하자."

줄을 서서 기다린 후 퀘스트를 받았다. 3개 모두 얍베 산맥에 서식하는 몬스터 토벌 의뢰였다. 워프 게이트를 이용해 가장 가까운 마을로 이동했으나 성민우는 귀찮은 표정을 숨기지 않았다.

"1시간 정도 걸리지?"

"어."

"또 상단 찾아야 하나?"

무혁이 웃으며 고개를 저었다.

"그럴 필요 없어."

"음, 걸어가게?"

"아니."

"그럼?"

"새로운 스킬 얻었다고 했잖아. 스켈레톤 군마 소환!"

두 마리의 군마가 나타났다.

"헙! 뭐, 뭐야? 이건!"

"말이야."

"허얼, 미친!"

이건 혁명이었다. 일루전에서 가장 불편하면서도 짜증 나는 게 바로 워프 게이트가 없는 마을에서 사냥터로 이동할 때였다. 30분은 기본이고, 길면 2시간까지 걸리는 그 거리를 하염없이 걸을 때면 얼마나 시간이 아까운지 몰랐다. 그런데 이 군마를 보는 순간 불편하면서도 짜증 나는 그런 상황이 사라지게 될지도 모른다는 예감에 소름이 돋았다.

"빠, 빠르냐?"

"그냥 말이라도 생각하면 돼. 체력이 무한한."

"으아아아아, 대박!"

성민우가 한 마리를 가리켰다.

"나, 탄다?"

"그래."

안장과 연결되어 말에 올라탈 때나 올라탄 후 두 발로 디디게 되어 있는 발걸이, 등자를 이용해 군마의 등에 탑승한 성민우가 환호를 내질렀다.

"와우! 승차감 죽이고."

무혁도 군마에 올라탔다.

"그럼 가 볼까."

"좋지!"

성민우가 고삐를 조종했으나 군마는 움직이지 않았다.

"어? 왜 이래?"

"바보냐? 내 소환수잖아."

"아하!"

무혁이 명령했다.

군마, 앞으로.

그제야 움직이기 시작했다. 무혁과 성민우를 태운 해골마 두 마리가 드넓은 평야를 질주했다.

약 10분 만에 얍베 산맥의 초입에 도착할 수 있었다.

"와, 죽인다. 1시간 거리를 10분 만에 오다니."

"좋지?"

"어, 이거 잘하면 의뢰 50개 클리어도 가능하겠는데?"

"일단 40개부터 채우자고."

"오케이!"

두 사람은 코뿔소를 타고 있는 카타르의 앞에서 멈춰서 군 마를 역소환한 후 스켈레톤을 소환하여 놈을 처리했다.

[경험치가 상승합니다.]

[카타르 처치(1/300)]

무혁의 활약이 도드라졌다.

"스켈레톤 전사 소환, 스켈레톤 메이지 소환, 스켈레톤 아처 소환."

소환 계열 소모 MP가 절반으로 줄어들어 스켈레톤을 모두 소환하고도 윈드 스텝과 풍폭을 아낌없이 사용할 수 있게 된 덕분이었다.

풍폭, 강력한 활쏘기.

스켈레톤만으로 두세 마리의 카타르를 상대했고, 또 무혁 혼자 한 마리를 상대했다.

윈드 스텝.

그야말로 물 만난 고기 같았다.

"흐아아압!"

성민우도 뛰어난 실력을 보여줬다.

"파이어, 어스!"

두 마리의 카타르를 상대하면서도 조금도 밀리지 않았다.

덕분일까.

[카타르 처치(8/300)]
[카타르 처치(9/300)]

엄청난 속도로 숫자가 올라갔다.

키아아아악!

죽어 나가는 카타르가 불쌍해 보일 정도였다.

[카타르 처치(19/300)]

[카타르 처치(20/300)]

순식간에 20마리의 카타르를 사냥했다.

"후, 조금 쉬자."

"오케이."

그제야 둘은 짧은 휴식을 취했다. MP나 HP를 회복시키기 위한 휴식 시간에는 무구를 제작했고 공복도가 떨어지면 요리를 했다. 꾸준히 스킬을 사용한 덕분에 카타르를 200마리 정도 처리했을 즈음에는 오랜만에 스킬 레벨이 오르는 희열을 맛볼 수 있었다.

[스킬 '강력한 활쏘기'의 레벨이 상승합니다.]

대미지 10퍼센트 상승, 무혁은 조금 더 높아진 대미지를 만끽하며 카타르를 학살했다.

[카타르 처치(298/300)]

[카타르 처치(299/300)]

이제 마지막 한 마리.

윈드 스텝, 풍폭.

두 개의 스킬을 사용해 카타르의 목을 베어냈다.

[크리티컬이 터집니다.]

[450의 대미지를 입힙니다.]

[810의 추가 대미지를 입힙니다.]

HP가 얼마 남지 않았던 것일까? 그 공격에 카타르의 목이 잘려 나갔다.

"300마리, 끝."

7시간 만에 의뢰 하나를 완료할 수 있었다.

이로써 총 29개, 이제 11개만 더 클리어하면 된다. 문제는 얍베 산맥의 남은 두 개의 의뢰가 꽤 까다롭다는 점이었다.

중턱에 있는 벵갈 부족 350마리 처치야 진흙을 이용해서 은신을 무용지물로 만들 수 있지만, 그래도 카타르보다 5레벨이나 높다. 게다가 전사와 궁수, 마법사가 고루 섞여 있어서 상대하는 게 더 까다로웠다.

카타르가 7시간이 걸렸으니 벵갈 부족 350마리는 적어도 10시간은 이상은 소모될 게 분명했다.

그리고 마지막 꼭대기 층에 서식하고 있는 언데드 몬스터는 벵갈 부족보다 훨씬 힘겨운 놈이다. 이미 죽어버린 녀석이라 고통을 느끼지 못하기에 과격하다. 창을 들고 있어서 접근이 어렵고 접근해도 철로 된 창대에 막히기 일쑤였다.

물론 숫자로 밀어붙이면 결국 이기겠지만, 더 오랜 시간이 걸릴 것이기에 마음이 조급한 건 사실이었다.

"이제 벵갈 부족인가?"

"어."

"지금이 저녁 11시니까……."

"오늘은 여기까지만 할까?"

"그러자."

둘은 로그아웃을 한 후 각자의 생활로 돌아갔다.

다음 날 아침 일찍부터 접속한 두 사람은 곧바로 중턱으로 올라가 벵갈 부족을 사냥했다.

역시 이번에도 MP가 부족하지 않기 때문일까. 무혁의 적극적인 움직임에 사냥의 속도가 올라갔다.

풍폭, 강력한 활쏘기.

활에 맞은 벵갈 부족 마법사가 괴성을 내질렀다.

키에에에엑!

놈은 바로 은신을 시도했지만, 진흙이 묻어 있어 움직임을 파악할 수 있었다.

윈드 스텝.

바람을 가르며 달려가 놈을 공격했다. 손을 타고 오르는 감촉이 좋지는 않았지만 대미지가 들어가고 있음을 알리는 증표 같은 것이었기 때문에 무작정 싫어할 수만은 없었다.

서걱.

끝없이 놈의 주변을 돌며 검을 휘두른다.

그 와중에도 스켈레톤은 자연스럽게 움직이고 있었다. 강활과 활뼈는 벵갈 부족 궁수를 견제했고, 강화뼈와 검뼈는 두 마리 전사를 상대로 우위를 점하고 있었다.

"흐아아압!"

성민우 역시 두 마리 전사를 압도했고.

[경험치가 상승합니다.]
[벵갈 부족 처치(7/350)]

그 순간 벵갈 부족 마법사 한 마리를 무혁이 처리했다.

이후로는 순조로웠다. 금세 아처 두 마리, 전사 네 마리를 제압할 수 있었다.

벵갈 부족 부족원 350마리를 처치하는 데 하루가 걸렸고, 꼭대기에 위치한 언데드 몬스터를 처치하는 데 꼬박 하루가 넘게 걸렸다. 3개의 의뢰를 해결하는 데 3일이 넘는 시간이 소요된 것이다.

둘은 산맥을 내려와 스켈레톤 군마에 몸을 실었다. 10분 만에 도착한 마을에서 워프 게이트를 이용해 위브라 제국의 용병 길드로 향했다.

의뢰 3개를 완수한 후 또 다른 의뢰 3개를 받았다.

"후, 이제 31개 클리어한 거지?"

"어, 9개 남았어."

"남은 시간이……."

"11일, 근데 설이 끼어 있어서 문제야."

"아, 맞네. 젠장, 설날을 생각 못 했어."

"어쩔 수 없지. 이렇게 하자."

"어떻게?"

"오늘부터 잠을 좀 줄이는 거야."

"으으……!"

"4일 뒤에는 설이잖아. 시골에 내려가면 나 같은 경우에는 적어도 이틀은 접속 못 할 수가 있어. 그러니까 그 전까지 최소한 의뢰 5개는 완료해야지."

"허업, 5개?"

생각만으로도 몸서리가 쳐졌다.

"폐인 되겠네."

"어쩔 수 없잖아."

"후우, 그래."

두 사람은 곧바로 또 다른 의뢰를 깨기 위해 군마에 몸을 실었다.

"그나마 이놈이라도 있어서 다행이다."

그렇게 도착한 사냥터에서 몬스터와 싸웠다.

그렇게 처절한 나흘간의 시간이 흘렀다.

"허, 허억. 끄, 끝난 거지?"

"어……."

두 사람 모두 퀭한 눈으로 서로를 쳐다봤다.

2월 17일, 새벽 3시……. 드디어 목표를 달성한 것이다.

36개의 의뢰 완료, 그 말은 앞으로 남은 의뢰는 4개라는 이야기였다. 설을 제외하면 5일이나 4일, 남은 기간이 아슬아슬하지만 이게 한계였다.

"그, 그럼 설 지나고 보자."

"그래……."

둘은 누가 먼저랄 것도 없이 로그아웃했다.

그 날 오전 8시.

"으음……."

알람 소리에 눈을 떴다. 평소보다 잠을 적게 잤기에 피곤한 감이 있었지만, 이 정도라면 충분히 버틸 수 있는 수준이었다.

비몽사몽간에 몸을 일으킨 무혁은 냉장고에서 시원한 물 한 잔을 꺼내 마셨다.

"크으."

정신을 차리고 화장실로 들어가 샤워를 하고 깔끔한 옷을 차려입고서 부모님 댁으로 향했다. 물론 BMW와 함께였다.

"왔어?"

어머니가 무혁을 반겼다.

"응, 준비는 다 됐고?"

"지연이만 나오면 돼."

"역시 느리네."

거실에서 약 10분을 기다린 끝에야 준비를 마친 강지연이 모습을 드러냈다.

"엄마, 아빠. 출발!"

"그래, 가자."

부모님은 아버지의 차량에, 강지연은 무혁의 차에 올랐다.

"여긴 왜?"

"아, 새 차잖아!"

"근데?"

"편안할 거 아냐. 자자, 출발!"

마치 개인 기사가 된 기분이었지만 그렇다고 내리라고 할 수도 없는 노릇이었다.

"에휴."

한숨과 함께 시동을 걸었다.

후으으으응, 부드러운 소리가 울리고.

"출발, 출발!"

강지연의 수다에 적당히 대꾸하며 앞선 아버지의 차를 쫓아갔다.

"와, 역시 좋네?"

"당연하지."

"엄청 편해! 승차감도 부드럽고."

1시간 정도를 달렸을 즈음, 드디어 친할머니댁에 도착할 수 있었다. 시골집 앞에는 이미 많은 차가 세워져 있었다.

"벌써 다 왔나 보다."

"어머, 정말!"

무혁이 차를 세우자마자 강지연이 내렸다.

"할머니!"

외치며 달려가는 강지연. 그녀를 잠시 바라보던 무혁도 시동을 끄고 차에서 내렸다. 집에서 우르르 나오는 친척들의 모습이 보였다.

할머니와 고모, 큰아버지는 물론 당숙과 사촌 형제, 조카들까지 보였다. 자동차 소리를 듣고 나온 모양이었다.

오랜만에 만나니 반가움이 앞섰다. 어느새 무혁의 입가에도 자연스럽게 미소가 그려졌다.

무혁이 인사를 하자 다가온 할머니가 무혁을 안으며 등을 토닥거렸다.

"아이고, 우리 똥강아지."

"아직도 똥강아지예요?"

"그럼."

"건강하셨죠?"

"너무 튼튼해서 탈이다, 이놈아."

다른 친척들에게도 인사를 했다.

"안녕하세요."

"그래, 오랜만이구나."

특히 사촌들이 좋아했다. 어릴 적부터 친하게 지낸 덕분이었다.

"형, 진짜 오랜만이다, 그치!"

"오빠, 잘 지냈어?"

"종종 연락했잖아."

"에이, 전화하는 거랑 보면서 얘기하는 거랑 같아?"

"그래그래, 잘 지냈다. 너희들은?"

"우리도 잘 지냈지."

이런저런 이야기를 하며 집으로 들어갔다.

거실에 자리를 잡고 앉자마자 어른들이 물어왔다.

"참, 무혁아."

"네, 큰아버지."

"차는 새로 뽑은 거냐?"

"네."

"호오, 일이 잘되나 보구나."

"아, 그게……."

어떻게 말을 해야 할지 고민하고 있는데 무혁의 아버지인 강선우가 그냥 아무렇지 않게 말해 버렸다.

"일루전 하고 있어."

"응?"

"우리 아들, 일루전 하고 있다고."

"일루전?"

"어, 거기서 꽤 레벨이 높은가 봐."

무혁이 민망한 표정을 지었다. 분위기가 다운되려나?

그런데 뜻밖에도 상황은 훈훈하게 흘러갔다. 큰아버지는 물론 당숙, 심지어 고모까지 와서는 귀를 쫑긋거리며 눈을 빛내고 있었다.

"어머, 무혁아. 레벨이 몇이야?"

고모가 웃으며 물어왔다. 연이어 동생들의 질문 세례가 이어졌다.

"우와, 형. 일루전 해? 나도 하는데!"

"오빠, 난 레벨 30이다!"

"하하……."

갑작스러운 관심에 대답도 못 하고 어색한 웃음만 흘렸다.

그때 큰아버지가 물었다.

"크흠, 그래. 레벨은 몇이냐?"

"80이에요."

그 말에 다들 눈이 커졌다.

"80······?"

"우와! 오빠, 80이라고?"

"형, 진짜야?"

"네."

먼저 큰아버지에게 대답한 후 사촌들을 돌아봤다.

"그래, 진짜야."

"짱이다!"

그때 큰아버지가 헛기침을 했다.

"크흠."

그제야 사촌들이 입을 다물었다.

"그래, 그 정도면 랭커 아니냐?"

"맞아요."

"허어, 대단하구나."

어른들도 누구나 한 번쯤은 꿈꿨으리라. 가상현실 게임······. 내가 살아 있을 적에 나오기만 하라고.

이곳에 있는 어른들도 마찬가지다. 젊을 때는 다들 그런 미래를 꿈꿨었다. 현실에 치이며 살아갔기에 오히려 가상현실이란 단어가 주는 희열이 작지 않았다.

게다가 사회생활 경험이 있어서 오히려 더 잘 안다. 게임이라고 해도 수많은 사람 사이에서 꼭대기에 선다는 것이 얼마나 힘든지를.

"나중에 좀 도와줄 거지?"

"물론이죠."

"그래, 고맙다!"

오히려 나이가 들면 더 게임에 집착하기도 한다. 과거 모바일 게임이 흥했던 시절에는 아저씨들의 주머니를 열기 위해 게임 업체에서 얼마나 많은 이벤트를 벌였던가. 그 시절에는 그들의 과금력이 게임의 성패를 좌우할 정도였으니 더 말하지 않아도 되리라.

"이거 돌아가서 자랑 좀 해야겠는데?"

"저두요. 제 조카가 80레벨이라니……."

다행히 부정적인 견해를 보이는 사람은 없었다.

아, 한 사람을 제외하고서.

"이 녀석들아, 다 커서도 게임질이냐!"

"보통 게임이 아니라고."

"아니긴!"

할머니가 큰아버지의 등짝을 때렸다.

"크업! 어, 엄마!"

"시끄럽고, 아침은 먹었어?"

"아니."

큰아버지를 무섭게 쳐다보던 할머니가 무혁을 포함한 사촌 동생들에게 고개를 돌렸다. 표정이 순식간에 풀어지더니 구름보다 더 부드러워졌다.

"어이구, 내 새끼들도 안 먹었어?"

"네, 배고파요. 할머니!"

"저두요!"

"그래, 그래. 금방 차려주마."

할머니가 몸을 일으켰다.

그 뒤를 백모와 숙모, 그리고 무혁의 어머니인 이혜연이 따라갔다.

"어머니, 도와드릴게요."

"괜찮어."

"아니에요."

어른들이 주방에서 음식을 준비하는 동안 무혁은 사촌 동생들에게 시달렸다.

"오빠, 오빠!"

"형, 저기 가서 얘기해 줘!"

하지만 기분은 정말 좋았다.

다음 날.

오전 11시가 조금 넘었을 무렵 성민우로부터 전화가 걸려왔다.

"여보세요?"

-어, 할머니 집?

"응. 무슨 일이야?"

-아, 그게……

기운 빠진 목소리였다.

-어쩌다 보니 들켰어.

"들키다니?"

-일루전 하는 거 말이야. 부모님한테 들켰어.

"아……"

-아무래도 며칠 집에 붙잡혀 있을 것 같다.

"토벌대 참여는?"

-아무래도 좀……

성민우의 한숨이 고막을 때렸다.

-하아, 미안하다. 혼자서 퀘스트 깨는 것도 일일 텐데.

확실히 혼자서는 무리가 있었다. 하지만 그걸 솔직하게 말한 순 없었다.

"크게 문제는 없으니 걱정하지 말고. 그것보다 괜찮겠냐?"

-잘 말해봐야지.

"그래, 일단 설 지나고 다시 전화해라."

-오케이, 끊는다.

"어."

통화를 종료한 무혁이 혀를 찼다.

괜찮으려나. 성민우의 부모님이 보수적인 경향이 강했다. 걱정은 되지만 할 수 있는 게 없었다.

"오빠!"

"형!"

"으, 응?"

"뭐 해. 와서 놀자!"

"어, 그래."

혼란스러운 마음을 다잡을 겨를도 없이 친척 동생들의 손에 붙잡혀 끌려갔다.

"형, 이거 진짜야?"

남동생이 휴대폰을 보여줬다.

"뭔데?"

"여기, 미개척 토벌대로 난리던데?"

"아, 그거?"

"형도 참가해?"

"아마도."

무혁은 대답하며 화면을 주시했다.

[내용 : 이거 난이도가 너무 어려운 거 아닌가요? 저 레벨 75인데요. 혼자서는 의뢰 40개, 절대로 해결 못 합니다. 최근 들어서야 겨우 파티에 들어서 의뢰 수행 중인데 완전 신세계네요. 이건 그냥 속도 경쟁이에요. 무조건 실력자로 최대 인원을 가득 채운 파티에 들어가야 됩니다. 이후 2, 3개 그룹으로 나눠서 몬스터를 쓸어버려야 돼요. 안 그러면 진짜 토벌대 참여 못 합니다. 장담해요.]

유저의 투덜거림이 납득됐다.

힘들긴 하지.

뭐, 둘이라 그런 것도 있겠지만, 무혁도 사실 버거웠으니까.

그래도 거의 다 끝났다.

성민우가 없어서 더 힘들어졌지만, 내일 집으로 돌아가서 사냥에만 집중한다면 아슬아슬하게 클리어가 가능할 것도 같았다. 물론 그 시간을 또다시 폐인처럼 지내야겠지만.

"다들 밥 먹어!"

그때 할머니의 목소리가 들렸다.

모두 모여 점심을 먹고 외가로 가기 위해 짐을 정리했다.

"다음에 올게."

"또 올게요, 어머니."

"푹 쉬세요."

할머니가 강지연과 강무혁의 손을 쓰다듬었다.

"조심해서 가고."

"네, 걱정하지 마세요."

"그래, 그래."

약 2시간을 달려 도착한 곳.

"어이구, 왔어?"

외가에서도 많은 친척이 무혁을 반겨줬고 그곳에서도 즐겁게 하루를 보냈다. 다음 날 점심이 되어서야 무혁은 집으로 돌아갈 수 있었다.

"언제 한번 집에 들러라."

"네, 아버지."

"그래, 잘 가고."

"아들, 차 조심해."

"걱정 마."

어머니와 아버지.

"잘 가."

"어."

마지막으로 누나와도 인사한 후 조금은 거칠게 차를 몰았다. 시간이 촉박했기 때문이다.

예상했던 휴식 기간은 이틀이었는데 하루를 더 초과해 버렸다. 물론 현재 시각이 2시이니 가자마자 접속해서 사냥을 한다면 의뢰 1개는 어떻게든 될 것도 같았다.

남은 시간은 4일, 남은 의뢰도 4개.

무조건 한 개는 오늘 클리어해야 돼.

성민우가 없으니 더 빠듯하리라.

끼이익.

집 앞에 주차를 한 후 차에서 내려 집으로 올라갔다. 간편한 옷으로 갈아입은 후 곧바로 캡슐에 누워 일루전에 접속했다.

[새로운 세상에 오신 것을 환영합니다.]

서둘러 위브라 제국 용병 길드로 향했다.

"어서 오십시오."

"의뢰 완료."

"용병패를 주시면 됩니다."

패를 직원에게 건넸다.

[용병 길드의 의뢰를 수행하셨습니다.]

[용병 포인트(50점)를 획득합니다.]

[보상(공헌도 10점)을 획득합니다.]

[보상(경험치)을 획득합니다.]

곧바로 새로운 의뢰 3개를 받은 후 길드를 나왔다.

"스켈레톤 군마 소환."

한 마리를 역소환하고 군마의 등에 올라탔다.

"우와, 말이야?"

"스켈레톤? 대박이다."

평범한 유저들의 감탄과 네크로맨서들의 불신, 경악을 함께 받으며 퀘스트 장소로 이동했다.

"뭐야, 저건!"

"레벨이 몇이야 도대체?"

"허어……."

그들의 시선을 모두 무시했다. 저런 사소한 대화와 눈빛 하나에 신경 쓸 조금의 여유조차 지금은 없었으니까.

"어서 오십시오."

워프게이트 앞에서 군마를 역소환했다.

"어디로……."

"씨암 왕국."

"2골드입니다."

금액을 지불하고 워프게이트에 올랐다.

눈을 감았다. 빛과 함께 찾아온 어지러움을 느끼고 있을 때 목소리가 들렸다.

"환영합니다."

다시 눈을 떴을 땐 씨암 왕국의 워프 게이트였다. 그곳에서 다시 군마를 타고 달리기 시작한 무혁은 유저들을 가로질렀다.

광장을 지나 남문을 돌파해 5분 만에 사냥터에 도착했다.

"스켈레톤 전사 소환, 스켈레톤 아처 소환, 스켈레톤 메이지 소환."

해안가를 거닐고 있는 꽃게 형태의 몬스터 자이언트 크랩을 향해 공격을 명령했다.

강활, 활뼈 연사.

쏘아진 뼈 화살이 놈을 가격했다.

카강, 캉.

대부분의 뼈 화살이 튕겨졌다. 그래도 어느정도 타격을 입었는지 자이언트 크랩이 몸을 돌리더니 빠르게 돌진해 왔다. 순식간에 거리가 좁혀지고 있었다. 그 순간 뿜어진 스켈레톤 메이지의 강력한 마법이 놈의 접근을 저지했다.

콰과과광!

폭발과 함께 강화뼈, 검뼈가 돌진했다.

본격적인 전투가 이어졌다.

먼저 강화뼈, 검뼈들이 자이언트 크랩을 감싼 채 빠져나가지 못하도록 만들었다. 틈틈이 검을 휘둘러 공격을 가했는데, 오히려 검을 휘두른 검뼈 한 마리가 비틀거리며 물러섰다.

껍질이 너무 단단해서 피해를 제대로 입히지 못하고 튕겨나간 것이다.

[검뼈5의 대미지가 반사됩니다.]

게다가 반사 대미지로 인해 HP까지 줄어들었다.

역시 검뼈로는 안 되나?

그건 강화뼈1, 2도 다르지 않았다. 그래도 가장 강한 타격을 주고 있었고 또 높은 방어력과 HP를 적극적으로 활용하고 있었기에 안심할 수 있었다.

공격은 강화뼈가 담당하고. 검뼈는 길을 차단하는 것에만 집중했다.

'문제는 집게다.'

자이언트 크랩의 두 가지 약점 중 하나가 바로 공격 수단이 집게밖에 없다는 점이다. 하지만 그 집게의 공격력이 매우 강력하며 또 생각보다 빠르다. 그래서 집게는 자이언트 크랩의 약점인 동시에 강점이기도 했다.

"이런."

지금도 검뼈7이 허무하게 잡히고 말았다.

강활, 활뼈 전원 연사!

풍폭, 강력한 활쏘기.

공격을 퍼부었으나 자이언트 크랩은 끝까지 검뼈7을 놓지 않았고.

키리릭!

결국 집게에 갇힌 채 역소환당했다.

카강!

날아든 뼈 화살도 대부분이 튕겨 나갔다. 미미한 대미지는 주겠지만 역시 제대로 된 피해는 아니었다.

그나마 화살이라 반사 대미지를 입지 않는 게 장점이랄까.

그렇다고 화살 모두가 박히지 않은 건 아니었다. 강활1, 2의 뼈 화살이 그나마 조금 박혔고 무혁이 쏜 화살 한 대는 제대로 껍질을 파고들어 피해를 줬다.

[크리티컬이 터집니다.]

[510의 대미지를 입힙니다.]

[918의 추가 대미지를 입힙니다.]

이것이 바로 두 번째 약점이었다. 방어력이 150에 달하는 자이언트 크랩은 껍질이 매우 단단할 뿐만 아니라 대미지 반사 능력까지 달린 까다로운 녀석이다. 하지만 반대로, 그 껍질을 제대로 파고들어 내부에 피해를 입힐 수만 있다면 지금처럼 100퍼센트 크리티컬이 뜨게 된다.

좋았어.

유일하게 무혁의 공격만이 껍질을 뚫을 수 있었다.

메이지의 마법 역시 파괴력이 대단하지만 집중된 타격이 아니라 껍질을 뚫지 못했다. 하지만 상관은 없었다. 무혁의 공격이 통한다는 걸 알게 된 것만으로 충분했다.

왜냐하면, 풍폭은 MP만 있으면 되고 강력한 활쏘기는 쿨타임이 겨우 10초였으니까.

풍폭, 강력한 활쏘기.

두 개의 스킬로 10초마다 1,400이 넘는 대미지를 안겨줬다.

강활의 연사도 충분히 피해를 줬고.

키리릭.

강화뼈1, 2 역시 제 몫을 다했다.

어느새 너절해진 크랩은 메이지의 마법으로 끝이 났다.

[경험치가 상승합니다.]

[자이언트 크랩 처치(1/320)]

이제 한 마리를 사냥했다.

"후우."

서둘러 또 다른 자이언트 크랩을 유인하여 놈과 사투를 벌였다.

●

시간이 지날수록 유저가 늘어났다. 아마 전부 설을 쇠고 집에 도착하자마자 일루전에 접속했으리라.

그게 무혁의 발목을 잡고 있었다. 새삼스럽게 성민우의 빈자리가 느껴졌다. 그가 있었더라면 적어도 지금보다 훨씬 빠른 속도로 자이언트 크랩을 사냥하고 있었을 테니까.

파티를 구해야 하나……. 과연 구할 수 있을까?

지금 보이는 유저들 모두 파티를 이루고 있었는데 하나같이 인원을 가득 채운 상태였다.

8명으로 이뤄진 파티가 곳곳에서 활개를 친다.

"야, 그것도 끌고 와!"

"알았어!"

무혁은 그 사이에서 홀로 고군분투했다.

재미있는 건 속도였다. 8명으로 이뤄진 파티가 자이언트 크랩을 잡는 속도와 무혁 홀로 놈을 사냥하는 속도가 크게 다르지 않았던 것이다.

[경험치가 상승합니다.]

[자이언트 크랩 처치(78/320)]

그렇다고 우쭐해하진 않았다. 남들과의 비교는 무의미했다. 중요한 건 과연 홀로 클리어할 수 있는지 아닌지였으니까.

끊이지 않고 사냥할 경우 한 마리에 대략 3분, 1시간이면 20마리다. 10시간을 더 사냥해야 200마리를 사냥할 수 있다는 계산이 나온다.

현재 오후 5시 30분. 중간에 쉬는 시간까지 한다면……. 아침 8시 정도, 그걸 4일이나 반복한다?

생각만으로도 진저리가 처질 정도다. 그런데도 고민하는 이유는 단 한 가지였다.

몇 명이 의뢰를 완료했느냐에 따라서 토벌대 직위가 달라지기 때문이었다. 직위에 따라서 획득하게 되는 추가적인 기여도가 있었던 것으로 기억하기에 포기할 수가 없었던 것이다.

하아, 그 녀석만 있었어도…….

그 순간이었다.

띠이.

캡슐 호출음이 울렸다.

어, 뭐지? 누나라도 온 걸까?

무혁은 의문을 품은 채 로그아웃을 했다.

치이익. 캡슐에서 나온 무혁의 눈이 커졌다.

"너……!"

"전화를 안 받아서 와봤지."

성민우였다.

"어떻게 들어온 거야?"

"전에 비밀번호 알려줬었잖아."

"내가?"

"어, 술 마시고."

"아……. 그보다, 그 일은?"

그가 씨익 하고 웃었다. 감이 왔다.

"허락받은 거냐?"

"어, 이틀 동안 죽어라, 빌어서 겨우."

"하, 이 새끼. 진짜."

무혁이 성민우의 복부를 주먹으로 쳤다.

"커헙!"

"집에 가서 얼른 일루전에 접속이나 해! 아니, 아니다. 그냥 같이 나가자. 집 앞에 있는 캡슐방에서 밤새우자고."

점퍼를 걸친 후 성민우와 함께 집을 나섰다.

"크큭."

"뭐가 좋아서 웃어."

"허락받았잖아."

무혁도 함께 웃었다.

하아, 진짜. 그 짧은 몇 시간의 사투가 떠올랐다.

그래도 왔으니 다행이지.

이젠 파티를 구해야 한다는 고민이 사라졌다. 성민우와 함께라면 무조건 의뢰를 완료할 수 있다는 확신이 있었기 때문이다.

서둘러 캡슐방으로 돌진해 일루전에 접속한 후 파티를 맺고 용병 의뢰를 공유했다.

"좋아, 가자고!"

"어스, 윈드. 조져!"

자이언트 크랩을 학살하기 시작했다.

결국 그 날 새벽 3시에 무혁은 의뢰를 완료할 수 있었다.

"아, 젠장."

문제는 성민우였다.

[자이언트 크랩 처치(242/320)]

의뢰 자체의 공유는 가능하지만, 과정까지 공유되는 건 아니다. 무혁이야 성민우가 없을 때 혼자 크랩을 잡았기에 의뢰를 완료할 수 있었지만 그는 아니었다. 결국 무혁은 성민우의 의뢰를 위해서 아침 7시까지 함께 사냥을 했다.

"로그아웃."

캡슐에서 나오자 성민우가 다 죽어가는 목소리로 말했다.

"주, 죽을 거 같아."

성민우의 말에 무혁이 어깨를 으쓱거렸다.

"난 잠을 너무 참았더니 오히려 지금은 괜찮은데?"

"미친놈."

"농담이야. 나도 쓰러지기 직전이다."

계산을 하고 캡슐방에서 나와 집으로 향했다.

"오늘만 너희 집에서 자자."

"그러든지."

도착하자마자 무혁은 침대에 누웠고 성민우는 옷장에서 이불을 꺼내 바닥에 펼치며 쓰러졌다.

"……."

순식간에 잠들어버린 두 사람이었다.

무혁과 성민우.

둘의 얼굴에 다급함이 서려 있었다.

"몇 분 남았냐?"

"10분."

"아, 놔."

스켈레톤 군마를 타고 엄청난 속도로 질주했다.

이후 워프게이트를 이용해 위브라 제국으로 이동, 용병 길드에 도착할 수 있었다.

카이론 백작의 특수 의뢰는 완료할 수 있는 곳을 여러 곳 개방했기에 오랜 시간 줄을 설 필요가 없었다. 그리고 무혁과 성민우처럼 아슬아슬하게 도착한 유저도 거의 없었다. 덕분에 1분을 남기고, 차례가 되어 의뢰를 완료할 수 있었다.

"후아, 다, 다행이다."

"진짜……."

뒷말은 생략했다. 절로 욕이 튀어나올 정도였으니.

"오늘은 쉬자."

"좋지. 일단 의뢰도 완료했고. 나와서 무슨 말이라도 해주지 않겠어?"

"어, 그런가."

"아마도."

"그럼 그것만 듣고 나가자."

"그래."

예상대로 누군가가 모습을 드러냈다.

용병 길드의 대장 크락슈였다.

아……!

그 순간 퀘스트가 떠올랐다.

[용병 길드의 대장 '크락슈'의 숨겨진 부탁]

[레벨 70을 달성한 후 크락슈를 찾아라.]

[성공할 경우 : 경험치 획득, 명성 획득, 연계 퀘스트.]

그가 좌중을 훑으며 입을 열었다.

"용병 길드의 대장, 크락슈다. 다들 고생했다. 지금부터 이틀 후 저녁 6시까지 카이론 백작님의 특별 의뢰를 40개 이상을 클리어한 자에 한하여 토벌대 참여 확인증을 수여하겠다. 확인증은 외부에서 발급할 예정이니 왼쪽 팻말을 보고 이동해 주길 바란다."

모두가 왼쪽으로 이동할 때 무혁의 발걸음은 다른 곳을 향했다.

"어디 가?"

"아, 저 대장 만나러."

무혁은 용병 길드 대장에게 다가갔다.

"어? 왜?"

"퀘스트가 있어서. 기다리고 있어."

"아, 그래. 줄 서고 있을게."

무혁은 다시 크락슈에게 다가갔다.

마침 그도 무혁을 보고 있었다.

to be continued